Sob o Céu do Himalaia

Fernanda Cardoso Parreiras

Dedico essa obra ao meu marido e filho que acompanham meus altos e baixos de criação e são a base de toda a minha vida e ao meu pai, em especial, que dedica longas horas a leitura e me transmite esse amor por novas e boas histórias.

PARTE 1 – ANA MARIA – SÃO PAULO BRASIL

| I

Acordei às 05:30 como fazia todos os dias, me demorei na cama procrastinando para levantar, passaram-se os minutos e finalmente me espreguicei. Meio cambaleando calcei meus chinelos, lavei o rosto e fui passar o café, ainda na cama ao lado, Jorge dormia profundamente. Já namorávamos há três anos e mesmo assim eu não me acostumava com o ronco e o suspiro contínuo ao meu lado, era estranho ter outro ser ali. Eu morava sozinha desde que fui para faculdade de medicina, saindo do interior para cidade grande meio perdida aos 18 anos e, agora 14 anos depois, tinha um outro alguém constantemente presente, ainda que não morássemos juntos exatamente ou oficialmente.

Fui andando até a cozinha pensando nos últimos meses sem grandes novidades, uma rotina constante e meio cansativa que enchia meus dias do mesmo. Eu tinha conseguido bastante para uma mulher de 32 anos, uma Ana Maria comum, era médica, como sempre sonhei, trabalhava em um hospital, Hospital Nossa Senhora da Saúde, após finalizar a residência de clínica médica naquele mesmo serviço, tinha um namorado bom, um pouco acomodado, mas que não me cobrava demais, um carro, um apartamento financiado e alguns sonhos e metas a cumprir como propósito. Não me classificaria como feliz, mas tinha consciência das bênçãos.

Após o café , preto e sem açúcar como de costume, fui novamente lavar o rosto e fazer a minha "skin care" das estrelas, digo isso quando penso no preço dos produtinhos que minha amiga do Hospital me fez pagar para ter uma pele de seda. Lavo o rosto e admiro os olhos azuis herdados do meu avô israelita e os cabelos cor de fogo que eu tanto me orgulhava . Prendi o cabelo como já fazia, em um coque um pouco mais alto que o habitual , e iniciei o trabalho.

Neste momento Jorge se levantou e veio me abraçar, roçando sua barba do meu pescoço enquanto eu o olhava no espelho da pia. Me abraçou por trás de um jeito íntimo e carinhoso, atrapalhando meus movimentos e a continuidade da minha atividade matinal, reclamei e me soltando carinhosamente ele disse:

- O que é essa baratinha aqui no seu cabelo Ana ?

Fiquei furiosa com a pergunta, primeiro porque falou isso antes mesmo de dizer bom dia , fala sério ? E ainda supor que tinha uma barata no meu cabelo, gritei enraivecida e pedi um espelho logo para eu ver. Ao olhar, meio que de ladinho para conseguir me expor no espelho, também me assustei, uma grande pinta, verruga ou uma lesão pigmentada e elevada como se diria no meio médico, que eu nunca tinha notado antes, bem no meu couro cabeludo próximo a minha nuca. Como eu não tinha visto aquela coisa feia ali antes?

Meio atordoada, um pouco esperançosa de não ser nada e ao mesmo tempo apreensiva pois isso só poderia ter crescido rapidamente, parei meus cuidados com a pele e fui me vestir apressadamente sem dar muitas explicações ao Jorge. Eu só queria chegar ao hospital, encontrar Tânia minha amiga dermatologista e ouvir dela que estava tudo bem.

Sabe aqueles momentos que um frio na barriga te assola e sua visão fica turva e seus pensamentos acelerados e pouco claros , assim eu me encontrava saindo meio desgrenhada, com a primeira roupa que vi, um jeans e blusinha preta, tênis All Star nos pés, assustando meu amoroso e descuidado namorado que não entendeu o que havia acontecido ali naquele banheiro e, que também, apressou a se vestir com cara de quem está aborrecido ou ofendido com algo, um típico exemplar do signo de escorpião pensei.

Peguei minha bolsa, chaves, bati a porta atrás de mim, entrei no carro. Os pensamentos não paravam, eu suspirava estressada no sinal vermelho que não abria nunca. Não tinha exatamente fé ou religião, mas naquele momento eu rezava sabe-se lá para quem, Deus, Buda, Nossa Senhora, Jesus, seja quem for, tudo isso não passa de um susto não é? Mas a reza foi interrompida por algum troglodita urbano qualquer que buzinava insistentemente informado que o sinal estava verde, tornando meu dia ainda mais descontrolado, ai como eu detestava o desequilíbrio da cidade grande.

Com o coração acelerado, parei o carro no estacionamento. Ao descer tropecei no meio-fio e torci meu tornozelo soltando um grito de dor, mas nem isso me deteve . Mancando mesmo entrei no hospital , não dei bom dia a quem encontrava e segui pelo comprido corredor em busca de Tânia. Para minha alegria a mesma estava bem sentada no posto de enfermagem já escrevendo algo no computador, aquela amiga que os últimos anos tinha me dado, sincera, um pouco doce, às vezes ranzinza. Olhei para ela com pressa e esperança, aquela cabeleira anelada cor de mel salvaria meu dia .

- Tânia amiga, preciso de um "Help" seu agorinha... vem cá ! Eu disse enquanto puxava seu braço em direção a um consultório vazio. - Dá uma olhadinha nesta lesão que descobri hoje bem aqui na minha nuca , o que você acha ?

- Bom deixa eu ver ! Ela disse com calma cirúrgica - Deixa eu pegar um dermatoscópio e olhar com cuidado ok !

Claro que ela não precisava do aparelho, estava ali na cara o medo e o risco, a sombra que invadiria minha vida.

- Então amiga, não quero te assustar Ana, mas acho melhor consultarmos com o Carlos, cirurgião oncológico mais rápido possível e avaliar uma biópsia. Pode ser um melanoma.

O nome que eu temia escutar, melanoma, melanoma, um câncer de pele grave, não daqueles bonzinhos que uma cirurgia ou procedimento simples extraem, mas algo que poderia me matar se fosse verdade. O chão saiu debaixo de mim, minhas pernas ficaram bambas e me fixei no quadro representando a anatomia da pele na parede para não cair. Estes segundos viraram uma vida, pensei na minha mãe no interior, no meu irmão, meu pai, um simples comerciante, na minha infância e em Deus... É incrível como alguns segundos podem virar uma eternidade quando nossa memória abre gavetas mais profundas e esquecidas.

- 	Vamos lá ! Eu disse por fim quebrando o gelo do silêncio assombrado que pairava na sala.

Saímos do consultório, seguimos até o corredor que levava a escada e subimos em silêncio em busca do andar da cirurgia, no caminho alguns residentes e enfermeiros que passavam me cumprimentavam, mas eu não estava ali, definitivamente não estava presente, eram só vultos vestidos com roupa azul de bloco cirúrgico expressando algo incompreensível. Procuramos o Dr. Carlos, mas ele não estava hoje, combinamos então com a secretária uma consulta para o dia seguinte, um encaixe especial para uma médica do hospital. Agora era encarar o medo e o trabalho já que tinha muito serviço a fazer. Tânia carinhosamente se ofereceu para me dar um atestado, mas era impossível , quem afinal cuidaria de todos os pacientes da enfermaria naquele dia ? E ficar em casa sozinha me deixaria ainda mais sem forças e preocupada.

Nos despedimos e fui ao trabalho, decidi ligar para meus pais só no dia seguinte, agora eu teria muitas dúvidas, medos e eu poucas respostas . Não queria falar e explicar algo que nem mesmo eu saberia explicar, era melhor entender o que estava acontecendo e me acalmar. Meus pais moravam no interior, eram comerciantes, donos de uma pequena mercearia familiar e trabalhavam lá todos os dias continuamente, inclusive domingo, fechando apenas nos feriados santos como boa família católica. Meu irmão fazia a contabilidade e administrava o caixa, meu pai cuidava do estoque e atendia os clientes com simpatia e minha mãe fazia as quitandas vendidas, bolos, biscoitinhos amanteigados e muitos outros quitutes.

Cheguei ao quarto andar da clínica médica onde me esperavam 10 pacientes para avaliar, prescrever e evoluir. Entrei no primeiro quarto com um sorriso no rosto e fui recebida por Dona Piedade, uma senhora de 62 anos, internada devido a um grande tumor na pelve advindo de um dos ovários que lhe causava dor, vômitos e grande desconforto. Ao contrário do que eu esperava, Piedade me recebeu com um sorriso dizendo:

-        Diga-me minha filha quais as boas novidades de hoje?

Essa perguntinha tão direta e otimista tirou minhas nuvens cinzas abrindo a passagem para raios de sol. Aquela mulher estava internada havia 5 dias, tinha feito vários exames que corroboram o diagnóstico de câncer de ovário, tinha moderada quantidade de líquido na barriga, que chamamos de ascite, limitando um pouco sua respiração e alimentação e agora aguardava o agendamento de uma cirurgia e, ainda assim, ela sorria calma e confiança.

-        Olá Dona Piedade, como está a senhora hoje ? E como foi a noite ? Hoje vamos começar seu preparo para a cirurgia agendada em dois dias, você fará exames pré operatórios e será avaliada pelo médico anestesiologista. Gostei de ver esse bom humor, está animada e positiva, isso irá ajudar muito.

Ela me respondeu com um enorme sorriso. Segui com o exame físico medindo pressão arterial, saturação, examinando e escutando os pulmões e o coração e tudo está bem. Nos despedimos com a promessa mental de que tudo daria certo. Na porta logo ao fechá-la atrás de mim agradeci imensamente por esta ter sido minha primeira paciente.

Fui ao posto de enfermagem onde arquivamos os prontuários e peguei os resultados de exames do próximo paciente, Sr.

João Antônio, apesar de ter nome de dois Santos, penava com as consequências da diabetes descontrolada. Estava com insuficiência dos rins e uma ferida que não cicatrizam no pé direito. No pé esquerdo vemos a cicatriz da amputação do antepé devido a uma ferida semelhante e temíamos o mesmo destino ao pé direto. Para minha tristeza os exames não mostraram melhoras, as glicemias (medidas do açúcar no sangue) continuavam altas apesar do esquema de insulina e os rins tinham piorado um pouco. Além disso, a infecção na ferida do pé ainda se mantinha e eu não tinha outra opção senão chamar o cirurgião vascular para avaliar uma amputação.

Entrei no quarto demonstrando alegria:

- Bom dia Sr. João, como você está hoje ? Perguntei
- Mais ou menos Dra. Ana, bem mais ou menos... estou bastante cansado de ficar internado e meu pé não está melhorando, ele dói como uma facada e quando o curativo é trocado o cheiro está horrível. Não quero viver assim, para piorar a comida daqui é horrorosa e estão restringindo todo açúcar... não sei até quando aguento, desse jeito prefiro morrer, mas já pedi a Deus e nada, continuo vivendo nesta angústia infernal de todos os dias.

O desânimo era palpável no quarto. Lamúrias e mais lamúrias deixando o ambiente denso e nublado. Sentei na cadeira ao lado dele e lhe disse tentando ser otimista:

- Me desculpe Sr. João, sei que não está sendo fácil para o senhor, mas o açúcar lhe faz muito mal e mesmo com as restrições não estamos conseguindo manter seu açúcar no sangue em níveis adequados e realmente a ferida no seu pé e a infecção não estão respondendo e precisaremos chamar um cirurgião para avaliar a necessidade de amputar uma parte do pé. Sei que não são boas notícias e eu gostaria muito de ter melhores, mas desejo que o senhor entenda que para melhorar precisa acreditar no tratamento, colaborar, inclusive com a alimentação, e estamos aqui para te ajudar e apoiar.

Pedi licença e examinei o paciente idoso e deprimido na sua condição crônica que agora sofre muito com as consequências de um diagnóstico tardio e vários anos de falta de autocuidado e atenção a sua saúde.

Sai com menos dois pontos na minha bateria energética, um desânimo invadindo minha alma. Momentos assim parecem levar um pouco de nós, da nossa energia e fé, torna nosso dia um pouco mais pesado como massa de pão sem fermento, dura e compacta, inflexível.

Terceiro quarto um pouco menos dramático. Júlia , uma menina de 21 anos, com uma infecção difícil de tratar após colocar um piercing na orelha. Ao procurar um profissional e sem se preocupar com os riscos ela não imaginou que um "brinquinho" na cartilagem faria tamanho estrago. Ela estava com abscesso drenado há cerca de 5 dias, tomava antibióticos e estava sem trabalhar, o que era impactante para uma mulher jovem, autônoma, vendedora de bolo na feira.

- Bom dia Júlia !!!! Tudo bem garota ?
- Bom dia Dra Ana estou quase 100%, minha orelha dói menos e preciso muito muito receber alta, por favor !
- Júlia deixa eu te examinar e se a ferida estiver melhor, você estiver bem e me prometer completar os antibióticos em casa te libero ok ?

Para nossa alegria tudo corria bem e eu poderia fazer o que mais gostava, dar alta para os pacientes com melhora. Era uma sensação de trabalho realizado. Ainda teria que preparar muitos papéis de alta, mas riscar um nome da lista e que não fosse por óbito, claro, é muito animador. Suspirei mais aliviada, voltei a pensar muito rapidamente no meu próprio problema, mas meus pensamentos foram interrompidos por Joana, supervisora de enfermagem me chamando:

- Ana, tudo bem com você ? Parece longe ?
- Não Joana , tudo bem ? Está tudo certo ... Diga-me, alguma urgência ?
- Então Ana, preciso que você veja mais rapidamente uma paciente que internou esta noite, uma senhora de 82 anos com diagnóstico de pneumonia que não está muito bem, precisando se oxigênio e ainda assim com dificuldades para respirar e, além disso, preciso das altas porque temos três pacientes no pronto atendimento aguardando uma vaga para internar.

Com essa chamada para agilizar segui ao quarto 405 onde me esperava uma paciente nova, Senhora Lourdes com pneumonia . Ao entrar vi uma idosa emagrecida, com olhar sem brilho, mas que me buscavam ansiosos, usava um cateter com oxigênio mas ainda assim mantinha a boca aberta como se para ajudar o ar a entrar. Ao lado, uma mulher que se apresentou como filha e foi ela que me contou que a mãe estava emagrecendo muito e às vezes queixava cansaço e falta de ar que associaram ao último episódio de COVID, infecção por coronavírus, pelo qual tinha passado, mas que nos últimos dias tinha se agravado até que no dia anterior ficou prostrada, não quis comer e resolveram levar ela ao hospital.

Eu examinei a senhora e me preocupou bastante o pulmão esquerdo que estava quase silencioso, saturava bem mas com o oxigênio, estava tão cansada e desanimada que não queria conversar. Pedi licença e sai para verificar os exames da paciente. Estes não eram animadores, um RX de tórax mostrando líquido na pleura (derrame pleural) e uma anemia sem justificativa. Comecei a suspeitar de câncer de pulmão infelizmente. Pedi logo avaliar de um cirurgião para drenar o tórax da paciente e fazer exames do líquido e uma tomografia do tórax. Chamei a filha em particular e contei a ela as suspeitas e sobre os riscos que a mãe estava correndo e expliquei as condutas, inclusive o encaminhamento ao CTI (Centro de Terapia Intensiva) onde ela poderia receber uma assistência respiratória mais adequada. As informações foram todas aceitas com tristeza e preocupação.

Seguiu-se mais pacientes com casos mais tranquilos, um para alta após o tratamento infecção urinária e outra mulher com crise de ansiedade e pânico com riscos de tentativa de suicídio em acompanhamento psiquiátrico, mas ainda necessidade de internação, uma paciente com insuficiência cardíaca em melhora, um idoso com Alzheimer e ferida na região sacral infectada, um adolescente com pneumonia.

Nossa ainda eram 11:00 da manhã e eu estava morta, cansada e com a bateria reduzindo sua potência , mas não dava para parar, eu ainda precisava fazer todos os papéis e burocracia além de olhar os demais pacientes da tarde . Tomei um café preto , fui ao banheiro e me atolei na papelada sem parar para almoçar ou mesmo me lembrar de comer. Mesmo com todo esse café no meu dia, estava me sentindo fraca e sem ânimo.

Assim, entre trabalho e motivos para esquecer meus problemas, fui passando meu dia atribulado me esquecendo parcialmente daquele encontro terrível da manhã. Optei por olhar pouco meu celular, responder apenas mensagens urgentes e me dedicar ainda mais ao trabalho.

Após muito correr para lá e pra cá, fui ver minha última paciente do dia. Ela se chamava Ângela, tinha 40 anos, dois filhos lindos de 8 e 5 anos e vinha enfrentando um câncer de mama devastador diagnosticado há cerca de 2 anos, muitas quimioterapias, queda de cabelo, cirurgias e mesmo assim está com metástases nos ossos e muita dor.

- Boa tarde Ângela, como está essa tarde ? A dor melhorou um pouco com as medicações? Perguntei ao entrar no quarto.

- Estou melhor Dra. Ana, mais animada apesar de tudo... tenho tanta fé que logo estarei em casa com meus meninos e estou torcendo para isso, rezando e me mantendo positiva.

Como ela podia estar tão positiva, sua vida era cheia de

internações e dor, eu não conseguia compreender como era possível tanta fé mesmo tendo uma vida difícil. Pensei em mim mesma e no medo que estava sentindo.

- Aconteceu algo com a Dra. Ana? Você está pálida , sente-se um pouco ao meu lado e me diga o que está acontecendo. Falou-me Ângela com carinho e compreensão no olhar.

Sentei-me ao seu lado dizendo:
- Ângela querida não quero te preocupar com os meus problemas, você já tem tantos, mas queria às vezes ser um pouco como você, ter essa fé e confiança mesmo quando está difícil e doloroso. Queria encontrar esse sentido, essa luz para acreditar que tudo ficará bem.

- Ana, nem sempre sou assim, já passei por revoltas, depressão, muita tristeza e desânimo, mas aprendi neste caminho que mesmo quando achamos que está no fim ainda temos muito caminho à frente. Comecei a buscar força dentro de mim, em Deus, mas não um Deus distante e invisível, mas na faísca da divindade que mora aqui dentro, meu "eu sagrado" capaz de enxergar luz onde antes só havia o cinza. Descobri que me conhecer e buscar a felicidade era uma responsabilidade exclusivamente minha e a encontrei em como olhava para os meus filhos, em como queria ver eles crescerem, no quanto gostava da minha família e da vida que tinha vivido até ali, aí substitui o medo e a angústia por gratidão e as coisas ficaram melhores.

- Aí Ângela, sinto-me até envergonhada de te incomodar com estes conflitos meus, agradeço muito às suas palavras, ajudou muito a sossegar um coração aflito. Dizendo isso, parti para examinar minha paciente como deveria e deixei o quarto muito mais leve.

Mexi e remexi a papelada burocrática hospitalar quando me dei conta que já eram 16:00 e eu teria uma consulta no dia seguinte e ainda precisaria encontrar uma boa alma para começar a ver meus pacientes no hospital. Tomei coragem e mandei mensagem para o primeiro amigo que talvez conseguisse me cobrir , Thiago tinha sido residente naquele mesmo hospital comigo e cuidava de outra enfermaria em dias alternados, mas ele me respondeu prontamente que não poderia, então busquei o segundo, Marcos, um médico plantonista da clínica médica que já me ajudou em outras ocasiões. Com ele fui mais dramática e disse que não estava bem e precisaria de consulta quase que de urgência e ele finalmente se dispôs a me ajudar trocando o dia de consultório dele. Nossa vida é sempre tão corrida, trabalhamos com contrato, quando não trabalhamos como autônomos, e não podemos simplesmente não ir, mesmo passando mal , sempre temos que trocar ou arrumar alguém que nos substitua.

Bom, agora com menos um problema, uma consulta amanhã às 09:00 e uma longa noite de medos alternados com anseios e esperança adquirida a partir das palavras dos meus pacientes. Como eu iria resistir a esta noite ? Não queria conversar com Jorge sobre o assunto, por isso pensei logo em arrumar uma desculpa para ele ficar na casinha dele hoje, mandei uma mensagem dizendo estar com uma terrível enxaqueca e informando que dormiria bem cedo naquela noite.

Peguei minha bolsa, tirei o jaleco, desci as escadas com medo de encontrar alguém no elevador, passei desatenta pela portaria em direção ao estacionamento, entrei no meu carro, novamente invadida pelo medo e por aquela sensação de que meu mundo poderia virar de cabeça para baixo. Encarei o trânsito e no caminho vi uma igreja católica com as portas abertas, eu não tinha religião alguma, mas naquele momento resolvi parar e rezar, então, estacionei o carro e me dirigi até as enormes portas de madeira. Entrei naquele salão um pouco frio e escuro, logo me deparei com a imagem de Jesus no altar, pregado na cruz, com gotas de sangue nas têmporas, coroa de espinhos, olhos fechados baixos como resiliente ao sofrimento imposto. Um frio me assolou o estômago e espinha e comecei a chorar baixinho. Não sabia rezar, mas sabia pedir, ajoelhei-me e pedi forças para tolerar o quer que fosse, neguei a realidade pedindo para que não fosse nada, fosse apenas uma mancha ou um negócio qualquer e assumi meus erros passados, minha distância da fé e minha vida no automático cuidando dos meus pacientes com cuidado informal e cirúrgico, sem me envolver muito, um dia após o outro aguardando o suado salário no fim do mês. Qual era o sentido disso ? Era isso que eu sonhava como médica ? Qual meu propósito de vida ? Sou ainda tão jovem ...

No fim de todo momento de conexão que há tempos não vivia, veio a minha uma leve sensação de paz em meio ao turbilhão de medo e angústia que dominavam anteriormente. Levantei-me e retornei ao carro respirando profundamente e com passos mais confiantes. Dirigi até em casa, estacionei e subi. Entrei no apartamento vazio suspirando, tomei um longo banho e me deitei em frente a televisão como forma de me entreter com o vazio das informações, escolhi um filme romântico qualquer enquanto tomava um leite quente.

||

Acordo eufórica, hoje é a consulta. Me arrumo com mais cuidado que ontem, em minha mente daria tudo certo, eu tinha renovado minhas forças e tinha quase fé e até um pouco de vergonha pela preocupação, afinal não seria nada. Faço ovos mexidos e acompanhado pelo tradicional café preto de máquina.

Passei um batom rosa, perfume importado, um sapato com saltinho baixo demonstrando minha confiança. Peguei a bolsa e as chaves, cantarolei "Águas de Março" de Elis Regina enquanto aguardava do elevador. Respirei bem fundo ao entrar no carro e enfrentei o trânsito caótico rotineiro com mais paciência.

Cheguei ao hospital diferente, cumprimentei todos que passavam com um imenso bom dia. Subi até o quinto andar da cirurgia e me apresentei à secretaria e aguardei olhei o celular e as redes sociais que não entrava desde ontem . Rapidamente Dr. Carlos me chamou, ele era um cirurgião oncológico renomado, professor na universidade e uma referência no tratamento do câncer.

- Bom dia Ana, entre !
- Bom dia Dr. Carlos, me desculpe o encaixe corrido, mas ontem encontrei uma lesão pigmentada no meu couro cabeludo que eu não tinha notado antes e Tânia suspeitou da possibilidade de Melanoma . Eu disse a ele um pouco mais ansiosa do que eu queria.
- Tudo bem Ana, você tem alguma doença ? Na sua família alguém já teve câncer ? Ele foi perguntando, cumprindo o protocolo médico. - Vamos sentar aqui para eu ver melhor !

Ele examinou a lesão com olhar sério, depois apalpou meu

pescoço em busca de linfonodos (gânglios de defesa do nosso corpo que poderiam estar alterados) e encontrou dois linfonodos endurecidos e aumentados de tamanho . Como eu não tinha visto nem notado isso ? Que desespero, misturado com culpa e vergonha. Meu Deus, senti minhas bochechas se tornarem rosadas e minhas mãos ficaram frias e molhadas.

No fim da consulta, ele também preocupado, solicitou que eu fizesse um exame e disse que faria a biópsia naquele mesmo dia. Normalmente faria um exame e uma biópsia direcionada ao primeiro linfonodo que drena a área, mas eu já tinha nodos suspeitos e ele optou para já tirar para analisar.

- Vamos lá ! Falei como se não estivesse apavorada. Não perderemos tempo.

Saí do consultório, fui até o laboratório e colhi o exame de sangue, depois agendei para o dia seguinte um PET- CT , uma tomografia especial que visualiza tumores em outros locais. E fui a sala do conforto médico esperar meu procedimento que só poderia ocorrer em 6 horas por causa do jejum e da agenda do Dr. Carlos.

Aproveitei o momento de calma física e pensamentos tumultuados para ligar para o Jorge e explicar o que estava acontecendo. Falei da baratinha que ele havia encontrado, do risco de ser câncer, da pequena cirurgia dali a pouco. Para minha surpresa ele não disse, vou correndo te ver e te apoiar, apenas disse que estava trabalhando e seu dia estava ocupado demais e me encontraria em casa ou no hospital a noite, pode isso ? Me senti um pouco abandonada, poxa, contei-lhe algo grave e que torturava o meu coração e poderia mudar toda minha vida.

Resolvi ligar para minha mãe tentar buscar um aconchego maior, liguei tentando ser um pouco mais tranquila na voz e menos dramática, já que não tinha dado certo com meu namorado e eu conhecia minha mãe suficiente para saber que ela ficaria desesperada. Expliquei que faria uma biópsia e estava tudo bem, claro que ela não acreditou, disse que estava arrumando as coisas e pegaria o ônibus daquele dia para vir me ver, meus pais moravam no interior de São Paulo, a cerca de 300 kg dali, eram comerciantes de uma pequena venda, tinham poucos recursos, mas muito orgulho da filha médica na capital. Desliguei o telefone e percebi uma grande verdade, estamos todos vivendo uma vida louca e sem pausas, egocêntrica, na verdade em geral você só pode contar consigo mesma e seus pais, todo resto do mundo está ocupado demais.

As horas foram passando lentas, minha cabeça não parava. Tinha medo da morte, medo de ficar sem trabalhar e sem dinheiro, por sorte tinha feito um seguro em caso de morte ou doenças graves que o banco me ofereceu, ou melhor me empurrou, quando financiei o apartamento. Lembrei dos boletos, do dinheiro na poupança reservado para as férias no Chile que estava programada para o próximo ano. Minha cabeça não parava um minuto. E como trabalharia nos próximos dias, não teria como e liguei para a coordenadora para informar do atestado e do que estaria acontecendo, por sorte ela foi cordial e disse que iria me substituir para eu não me preocupar. Respirei fundo e disse a mim mesma:

     - Calma Ana, não há nada mais que você possa fazer agora, calma!

O horário da cirurgia chegou, nunca imaginei entrar daquele jeito no bloco cirúrgico, com uma camisola aberta atrás que fiz questão de amarrar bem, descalça com touca nos pés e cabelos, vulnerável ao frio do ar condicionado e às luzes incandescentes dos focos. Deitei na mesa estreita, pedi a Deus força, olhei para o colega anestesista que eu conhecia muito pouco e adormeci.

Acordei pouco depois, ou foram horas, estava atordoada, minha boca estava seca e curativos me indicavam que tudo teria acabado.

-    Ana , Ana , ouvi me chamar
-    Ana, está tudo bem, retiramos a lesão e os dois linfonodos e enviaremos para anatomopatológico com pedido de

urgência. Daqui a pouco você será liberada e deverá ir para casa e descansar pelos próximos 10 dias. Seu retorno ficará agendado e, se der tudo certo, o resultado do exame estará pronto. Venha amanhã e faça o PET- CT combinado ? Disse-me Dr. Carlos.

Voltei a dormir e quando acordei novamente a enfermeira me aguardava com pão e café , dali a pouco eu teria alta e iria para casa.

- Você tem acompanhante? Ela me perguntou. Não pode ir embora dirigindo sozinha Ana.
- Posso pegar meu celular, por favor? Vou ligar para meu namorado vir me buscar.

Jorge atendeu e veio, descemos juntos em um silêncio completamente desconfortável. Ele me levou para casa e disse que dormiria lá para me ajudar o que neguei veementemente, queria ficar sozinha, curtir meu luto, apenas pedi que passasse na farmácia comigo para eu comprar os remédios e assim fizemos. Ele me deixou em casa deitada, preparou um leite com chocolate e se foi.

Mais uma noite tive a televisão como minha companhia e um seriado policial como minha distração mental, minha fuga dos pensamentos, essa era minha realidade agora, uma rotina completamente diferente daquela que criei para mim nos últimos dois anos, estável, corrida, porém previsível, que eu não amava mas que também não me causava desespero, era minha zona de conforto, sem tempo de fazer atividades físicas, sem tempo para viajar, poderia ficar para depois, sem tempo para ser feliz. O mesmo tempo que agora passava devagarinho aqui no meu travesseiro, meu carrasco pessoal.

Troquei o canal ansiosa sem condições ou paciência para os programas que passavam, desliguei então , peguei um livro e comecei a ler, mas meus pensamentos não deixavam, fui até a cozinha, abri a geladeira e fechei, não tinha nada e eu não tinha fome. Voltei para cama, para sentir o cheiro conhecido da fronha e fiquei me virando sem dormir. Resolvi rezar novamente para Deus, um Deus que eu não conhecia e que agora buscava incessantemente e adormeci.

Acordei novamente por volta de 05:00 da manhã, não conseguia dormir novamente, uma angústia me atormentava. Tomei banho e desci com uma roupa simples qualquer, eu não tinha vontade de me arrumar. Como ainda estava cedo resolver parar em um parque e caminhar um pouco, foi bom respirar um ar mais fresco , ouvir alguns pássaros e me conectar com a natureza em volta. Algumas folhas caiam das árvores indicando que era outono, caminhei lentamente pisando cuidadosamente nas folhas, olhando os galhos retorcidos e sentindo o cheiro de mato. Nossa quanto tempo eu não ia ali apesar de ficar apenas algumas quadras do meu apartamento. Naquele ambiente eu me sentia melhor, menos perdida e confusa. Recolhi minhas forças e esperanças e me dirigi ao hospital.

Fui direto ao setor de exames, os pontos doíam um pouco no meu pescoço me lembrando que eu não tinha tomado analgésico e estava em jejum para o exame o que me fazia sentir nauseada. Me apresentei e fui encaminhado a uma sala fria e impessoal para trocar a roupa e colocar uma camisola novamente. Antes disso eu não tinha notado como podíamos nos sentir tão frágeis estes trajes, mas agora eu via e me sentia nua diante da vida e da morte. Saí e fui levada ao equipamento, uma grande e redonda máquina, assustadora na verdade, um acesso com agulha grossa foi puncionado no meu antebraço e com contraste injetado após o equipamento se mover para dentro da grande máquina que girava.

Não sei quanto tempo fiquei ali dentro mas foi assustador, o tal PET-CT não é para os fracos, eu estava tão vulnerável, como poderia passar por tudo aquilo ? Um enorme sentimento de empatia por todos meus pacientes me assolou me mostrando uma verdade que até então eu não vira, como eles eram corajosos, como necessitavam de apoio e de uma mão, como ficamos frágeis nestes momentos. A lembrança de que minha mãe devia estar chegando me consolou e permitiu que eu me trocasse, comesse algo para ir embora. O exame só estaria pronto em três dias e eu teria meu colinho de mãe em breve, então fui em busca da mãezinha na rodoviária.

O ônibus chegou 20 minutos atrasado, mas tudo bem , estacionou em uma vaga oblíqua a 45°, muitos desceram até que enfim pude abraçar minha mãe e comecei a chorar copiosamente, desesperadamente e a soluçar. Até aquele momento eu não tinha noção do quanto estava fragilizada e precisava daquele abraço, daquele cheiro, daquele cabelo negro com poucos fios brancos que desciam lisos até os ombros. Diferente do meu pai de origem israelense, muito branco, cabelos loiros avermelhados e com olhos azuis, minha mãe era uma morena mestiça típica brasileira que exalava esse tom meio índio, meio africano, meio europeu, como é linda eu pensei.

- Minha filha, que saudades, como você está querida ?
- Mãe, estou assustada e com medo, que bom que veio, precisava da senhora e da sua força!

Nos abraçamos, pegamos a bagagem e seguimos ao estacionamento. A sensação de ter o abraço e o cheiro da minha mãe ali pertinho é realmente maravilhoso, como eu precisava desse aconchego, nossa, tive ali a real dimensão do meu medo.

Fomos juntas pelo caminho, falando banalidades da vida, contando como estavam familiares, nos sentindo em casa com os assuntos e com a companhia, observamos paisagens, reclamamos do trânsito, chegamos em casa e então tocamos no assunto mais difícil, a possibilidade de uma doença grave. Expliquei a ela o que era melanoma, um câncer de pele raro, mas com grande potencial para disseminar e altas taxas de mortalidade. Nos últimos anos, estávamos avançando muito no tratamento desse câncer, mas ainda era desafiador, mas não adiantava sofrer agora sem o resultado do exame. Ela se mostrou forte, às vezes até inocente, diante dos desafios que poderiam vir, mas esse comportamento não me incomodou, na verdade me deixou mais segura e otimista, afinal se minha mãe está calma estarei também.

Os dias se passavam muito melhores, eu já estava mesmo me adaptando a nova vida de filha, sem trabalho e sendo mimada pela minha mãe. Ela fazia comida, bolo de cenoura com cobertura de chocolate que enchia o apartamento com cheiro tão bom ao fim da tarde, doce de leite, biscoitos amanteigados, víamos filmes, séries policiais e dramas de época, mas ansiedade pelo resultado ainda era latente mesmo nestes dias de descanso e aconchego.

Evitávamos falar da doença ou possível câncer que me observava pela greta da porta, também não conversávamos sobre morte ou coisas negativas, ela apenas tentava me animar com banalidades, filosofia comum dos seres normais, política e notícias banais. Estranhamente Jorge se manteve distante nestes dias, com uma mensagem ou outra, que considerei como forma de respeitar meu momento com minha progenitora amada.

Enfim chegou o dia, meu retorno com o cirurgião para retirar os pontos e pegar o resultado do exame. Pulei da cama cedo, tomamos um café rápido, bolo de fubá novinho, e já partimos apressadas com um sentimento misto de esperança e terror. Eu estava excitada demais para dirigir então chamamos um carro de aplicativo. No caminho mil pensamentos foram passando pela minha cabeça me fazendo suspirar, afinal tudo poderia mudar. A cidade passava apressada pela janela, cada qual com sua vida, seus problemas, tudo tão impessoal, individual, tantas histórias e propósitos.

|||

"Não entendo de sonhos. Mas este me parece um profundo desejo de mudança de vida. Não precisa ser feliz sequer. Basta ano novo. E é tão difícil mudar. Às vezes escorre sangue." Clarice Lispector

Cheguei apressada na consulta, entrei no hospital com um misto de medo e esperança, não fazia ideia de como o dia terminaria, mas naquele momento um raio de luz ainda aparecia no horizonte, passei pelos corredores distraída sem muitas palavras, poucos olhares diretos, concentrada. Neste momento, uma mensagem de Jorge dizendo para eu dar notícias e dizendo que ficaria tudo bem acalmou meu coração. Sentamos na porta do consultório e aguardamos chamar foliando sem ler as páginas de uma revista velha de moda.

Fomos chamadas, entramos na sala. A persiana bege deixava entrar algumas luzes solares iluminando o ambiente além das luzes de LED artificiais, o cheiro de lavanda deixava o ar aconchegante e a mesa cuidadosamente arrumada refletia a importância do momento.

- Bom dia Ana, já tenho os resultados dos exames anatomopatológico e do PET-CT . Bom, as notícias infelizmente não são boas. O diagnóstico é mesmo de melanoma do tipo nodular, invasor e o linfonodo biopsiado também se mostrou acometido. No PET-CT observamos duas áreas hipermetabólicas sugestivas de acometimento em tecido subcutâneo do pescoço e músculos no dorso. Falou o Dr. Carlos pausadamente.

Fiquei uns segundos sob o impacto da notícia, sem saber o que dizer, sem condições de explicar à minha mãe o que estava sentindo. Foi quando ela mesma tomou as rédeas da situação e perguntou:

- Doutor, me explica melhor o que minha filha tem e o que faremos com isso, não sou médica e não entendo bem os seus termos!
- Bom, como a senhora se chama mesmo?
- Rosana, mãe da Ana.
- Rosana, posso chamá-la assim ? Sua filha me procurou devido a uma lesão estranha descoberta no couro cabeludo e como suspeitávamos de um câncer de pele retiramos a lesão rapidamente assim como 2 linfonodos, "ínguas" que cresciam no pescoço próximo ao local da lesão , também pedi outro exame de imagem que nos possibilitasse saber se a doença estava apenas ali, infelizmente os exames confirmaram o câncer de pele nomeado de melanoma, um tumor bastante agressivo e que já se espalhou a alguns tecidos mais próximos, ou seja , está avançado. A boa notícia é que temos, atualmente, bons tratamentos para esta doença e que trazem grande esperança.
- Ana temos duas opções: partir logo para a cirurgia, bem radical retirando todos os tecidos acometidos, mas neste caso sabemos que algo fica ainda a espreita, microscópico, ou podemos optar pelo tratamento neoadjuvante, ou seja antes da cirurgia, com objetivo de reduzir as células tumorais e após retirar as lesões que ficarem. Esta última opção é muito recente, mas tem se mostrado promissor e a imunoterapia, medicamento que seria utilizado, costuma ser bem tolerado.

Cada palavra dita naquele consultório parecia um tambor desafinado aos meus ouvidos, um tatatatatata sem fim, uma palpitação sem regras, ouvia meu coração, minhas artérias , meu respirar e a vida que resplandecia daí. Tudo parecia um sonho, ou melhor, um terrível pesadelo. Eu tinha visto pacientes morrerem com melanoma e agora eu estava ali enfrentando este terror negro sem motivo algum, sem explicações, estaria escrito no meu destino, mas estrelas?

Minha mãe agora, não disfarçava o choque e tristeza, lágrimas caíam no seu rosto e ela não limpava sem forças. Absorvíamos o choque com certa coragem, apertávamos as mãos uma da outra e aguardamos outras explicações e condutas.

- Ana, precisarei te encaminhar para o Oncologista, sugiro Dr. Flávio Antônio, ele tem grande expertise na área da imunoterapia e poderá lhe auxiliar neste caminho. Proponho avaliarmos em conjunto com ele a imunoterapia e a ressecção das lesões que encontramos. Consulte com ele o mais rápido possível e o peça para me procurar que discutiremos o seu caso. Não hesite em me ligar se precisar, estamos juntos e estou aqui para te apoiar ok!

Sai da sala sem entender o que havia acontecido comigo nas últimas semanas, tudo tinha virado de cabeça para baixo. Eu estava perdida! Minha mãe me abraçava tentando passar tranquilidade e coragem, uma energia de mãe necessária nestas horas. Resolvi seguir direto para casa para tomar as devidas providências, antes passei no setor da oncologia e por sorte consegui um encaixe para daqui o dia seguinte com o Dr. Flávio, nestes momentos minha profissão me dá a oportunidades "VIPs" na área. A seguir, sem condições ainda de dirigir, sentamos na lanchonete e liguei primeiro para a coordenadora do serviço informando minha situação e pedindo um afastamento temporário das minhas atividades, o que foi prontamente acolhido com o desejo de breve melhora e por fim liguei para o Jorge.

- Jorge, eh oi !
- Oi Ana, como foi a consulta?

Desabei, comecei a chorar copiosamente, sem condições nenhuma de falar entre soluços e engasgos. Respirei fundo, senti o toque sensível da minha mãe e me acalmei a ponto de responder.

- Foi ruim, estou com câncer mesmo, chama melanoma e está avançado, amanhã tenho consulta com o oncologista. Estou perdida, completamente perdida e não sei o que fazer.
- Ana onde você está ? Vou até aí !
- Não Jorge, ainda estou no hospital com minha mãe, iremos para casa a seguir, você pode ir lá depois do trabalho ?
- Claro que vou, meu Deus, como isso foi acontecer ? Você é médica , não viu antes?
- Sério Jorge? Está me culpado pela minha doença mortal avançada?
- Não, não é isso, não precisa falar assim também, só estou querendo entender o que está acontecendo, ok?

A ligação teve um efeito arrebatador sobre mim, doeu mais e me senti culpada e isolada, solitária na minha dor mesmo sabendo que minha mãe sofria mortalmente ao meu lado. Eu estava sendo egoísta? Dramática? Muitas coisas passavam rápido pela minha cabeça, minha visão estava turva e meio confusa, meu estômago revirava, torcia e esticava. Me levantei chamando minha mãe, eu só queria ir para casa chorar e me sentir uma enorme vítima do destino.

Fomos para casa sem muita conversa, andando rápido e distraidamente. Minha mãe tentou me conversar com frases sobre o tempo, o trânsito, a cidade sem sucesso algum, eu não queria papo, queria me afundar no sombrio lar que me tornei, queria voltar-me apenas para dentro e meus conflitos sem me preocupar nem um pouco com a vida que continuava lá fora. Finalmente chegamos e eu pude curtir minha depressão na minha cama embaixo do edredom. Mamãe, muito compreensiva com que se passava, me deixou só com meus pensamentos e foi para sala ligar para o papai e fazer algo para comermos, deixando claro, antes de sair do quarto, que me amava e que estava ali comigo para o quer der e vier.

Depois de uma montanha russa de sentimentos, que variavam entre fé e revolta, consegui adormecer um pouco e sonhar. No sonho, confuso, eu estava bem, não precisava de tratamento e caminhava lentamente junto a um cachorrinho peludinho e pequeno por uma planície muito verde. Eu não sabia onde ia, mas não importava, eu só queria caminhar, sentir a brisa do vento fresco, as cócegas do mato nas pernas, o cheiro de relva e terra molhada e uma paz tão intensa me invadiu e me dominou. Sentei embaixo de uma frondosa árvore com o prazer de lambidas do cãozinho. Pensei em quanto tempo eu não me sentia assim livre, relaxada e sem pressa, era tão gostoso isso, ver o tempo se dissipar vagaroso e sorrateiro.

Acordei muito melhor, um sentimento de aceitação e estímulo me dominava, mas podia ser fome também, sorri ao pensar. Na sala Jorge e mamãe conversavam baixinho. O clima era familiar, beijei os dois e busquei um prato para comer do bolo de fubá que cheirava toda a sala.

- Aninha e aí como está se sentido? Jorge perguntou solidário.
- Melhor eu acho, o susto da notícia me abalou bastante, mas o sono foi reconfortante e me deu novas energias e fome também. Esse bolo está uma coisa mamãe !
- Sabia que ia gostar Ana, seu pai falou que vem amanhã de qualquer jeito te ver e o Jorge pediu no emprego uma liberação para te acompanhar na consulta também. Estamos todos juntos e unidos para vencer essa guerra e tenho fé que venceremos. Sabe que a vizinha da Dona Maura lá da cidade teve câncer de mama e agora está curada!
- Tá bem mãe, sei que a intenção é boa, mas sem histórias de sucesso da nossa cidade nem de como as pessoas enfrentaram a doença delas com resignação e muito menos tratamentos milagrosos naturais tá bem? Sou médica, seguirei as orientações e estudos mais recentes e científicos.
- Aproveitando a conversa Jorge, quero lhe dizer que se for fazer quimioterapia, não foi falado químio, mas

imunoterapia que eu conheço pouco por ser uma modalidade nova de tratamento, então, talvez eu não possa mais ter filhos. Disparei para Jorge.

\-   Ana, você não está se precipitando? Que tal amanhã escutarmos o que o Oncologista tem a dizer e então tomamos essas decisões com mais informações? Heim ? Tenta pensar positivamente ! Ele me respondeu com paciência.

Jorge e minha mãe só queriam ajudar, eu sabia, mesmo assim a racionalidade de um e a fé cega e inocente de outro estava mais prejudicando do que o contrário. Toda essa solidariedade estava sendo infrutífera e me irritando um pouco. Quis sair dali, mas seria rude então me limitei a concordar com as colocações sem aceitar ou refutar as ideias que vinham como que aérea aos acontecimento presentes. Tentei então mudar de assunto, falei do tempo, das novidades políticas sem interesse em qualquer destes assuntos em especial, o que foi prontamente notado por ambos que, para não me aborrecer, mantiveram a conversa sem entusiasmo.

Fato era que Jorge, naquele momento, parecia mais um estranho, não meu companheiro de 3 anos, mas uma pessoa qualquer, um colega, pouco conhecido que não conseguia acessar meu íntimo. Era estranho nos ver assim, com certo afastamento, acanhamento e até desconfiança. Me caiu uma ficha, de como tudo estava mudando na minha vida e as antigas certezas não passavam agora de ilusões. Como a vida era capaz de fazer isso, como roda gigante, levando e trazendo tudo, histórias, sentimentos, expectativas. Era hora de aprender a viver um dia de cada vez, fazer planos mais imediatos e administrar o tempo que me restava. Uma vontade imensa de conhecer a Deus e seus mistérios me tomou, mas afugentei a ideia, seria apenas medo da morte real? Uma busca sem sentido por milagres impossíveis? Vi muitos pacientes neste caminho e confesso que julguei muito e critiquei ferozmente e agora estarei eu, médica, cientista da fisiologia humana divagando sobre mistérios espirituais?

Acordei deste transe com Jorge se despedindo de mim e dizendo que estaria aqui amanhã cedo para nos buscar para a temida consulta. Despedi um pouco fria, o que julguei mais do que aceitável dado a minha situação física e psicológica atual e o acompanhei até a porta onde dei-lhe um beijo acanhado meio seco e sem o tesão anterior. Certamente ele percebeu, pois rapidamente se virou para chamar o elevador sem um sorriso.

Em casa, novamente passei pelos canais da TV, um programa sobre culinária, outro sobre a história das pirâmides, um seriado policial "deprê", vários canais de esportes e, por fim, parei no canal de viagem. Incrível como é tedioso ter tempo, em geral reclamo por não conseguir alguns dias, nem para viajar, nem para ler um romance, nem para longas conversas, nem para aprender outra língua, nem para rezar e agora eu estava ali entediada sem saber bem o que fazer e sem vontade. Onde está meu enorme desejo pela vida e por tudo que ela tem a oferecer?

Na TV passava uma garota viajando pela Tailândia, um destino quase fantástico, na minha cabeça, devido a grande diferença cultural e a distância. Talvez eu nunca fosse lá. Primeiro ela passava por um templo budista situado ao norte do país, lá os elefantes descansavam em uma sombra. Dentro do local havia imagens de Budas dourados de várias formas, deitados, sentados como lótus, em pé com as mãos unidas, aos pés oferendas de flores, moedas, vasilhas e frutas. Nossa era tudo tão impressionante e de tirar o fôlego. Alguns monges carecas vestidos com tecidos alaranjados faziam uma prece e outros defumavam o local, me identifiquei imediatamente com a cena como se me convidasse a participar.

Após este extraordinário momento seguido de breve comercial, a mesma moça se divertia em uma praia repleta de pessoas, muito sol, ondas e um água verde cristalina com milhares de peixinhos ao fundo. Nossa, mais uma vez encantada! O que me lembrou da minha atual triste vida, será que algum dia eu conheceria este lugar? Se eu morrer sem nunca ter conhecido estes lugares eu teria uma nova chance?

Afastei tais pensamentos da minha cabeça, eu poderia ir a lugares como este, custasse o que for, eu precisava acreditar que poderia , que teria uma uma chance. Meus olhos se encheram de água, uma lágrima desceu quente no meio rosto. Da cozinha eu sentia o cheiro de café da minha mãe me lembrando que era amada e que tudo ficaria bem. Sem fome alguma e sem disposição para levantar acabei adormecendo. Um sonho, fala sério, só poderia ser, eu correndo desorientada em uma praia paradisíaca, sozinha, em busca de algo, mas o que? Estava suada e angustiada por não saber para onde ia, mesmo assim continuava ... acordei em um susto, testa suada, respiração ofegante, me vi na minha cama novamente, com os mesmos problemas e uma leve dor de cabeça. Já era noite, levantei-me e fui tomar um banho, tirei a roupa e entrei no chuveiro morno quando escutei minha mãe me oferecendo algo para comer, recusei e continuei naquela energia deixando a água escorrer pelo meu corpo pedindo para que levasse meu medo embora.

Eu olhava para o azulejo branco, o porcelanato no chão em padrão triangular em preto e branco, o box de vidro temperado esverdeado, eram 10 metros quadrados tão importantes naquele momento. Como eu nunca tinha prestado atenção antes. Senti os pingos caindo, ora um ora outro com áreas sem pingos, nem isso eu tinha visto, meu chuveiro estava todo entupido e a queda de água irregular, mesmo assim o banho era bom, reconfortante. Sai do chuveiro e peguei a toalha lentamente como em um filme de ficção, bem fora do real.

Troquei de roupa e fui em busca do colinho da minha mãe e do café recém passado que ainda cheirava a casa. Ficamos as duas ali unidas no sofá trocando carinhos e incertezas. Na TV passava um filme antigo sobre um conto de fadas de uma prostituta e um homem rico que se apaixona por ela. Nos entretemos naquele embalo à espera do dia seguinte.

IV

Despertador tocando alto.... Aperto o botão soneca querendo ficar um pouco mais, ops não podia, precisava levantar para a consulta. Vamos lá, Ana se anima! Disse a mim mesma. No espelho vi olheiras profundas, o azul da minha íris banhada no vermelho da conjuntiva denunciando o pouco sono. Lavei o rosto, coloquei o velho jeans , sapatilhas e camiseta, escovei os dentes e evitei as cicatrizes, eu já tinha outras várias na alma com as quais me preocupar naquele dia.

Mamãe já estava na cozinha, essa mulher gosta de cozinhar, sempre achei que ela se afogava na cozinha apenas por obrigação do dia a dia, hoje vejo que ela usa também como fuga e terapia. O cheiro era bom, ovos, torrada e café com um pingo de leite. Comemos animadamente conversando sobre amenidades, quando o interfone tocou indicando que Jorge já nos aguardava. Oferecemos café, ele recusou educadamente então descemos para seguir o propósito do dia.

Nos encontramos na calçada, trocamos selinhos mais carinhosos e entramos no carro rumo ao hospital. O velho e conhecido caminho com novas nuances, mais atenção aos detalhes, uma padaria que eu nunca tinha visto, lojas de roupas e bijuterias, uma papelaria, pessoas que iam e vinham apressadas, um parquinho sem crianças, cachorros que se acomodavam sob as árvores.... Vidas que corriam sem perceber os dramas de outrem.

Chegando senti um grande cheiro de rosas, não sabia de onde vinha, mas me acompanhou até a entrada do hospital. As portas automáticas de abriram, sentimos o frescor do ar condicionado e entramos confiantes com passos firmes. Como pacientes, fizemos a nossa identificação na recepção e subimos aos 6° andar da oncologia.

Pisos muito brancos e algo brilhantes nos saltaram aos olhos logo que as portas do elevador se abriu, deixando um cheiro de lavanda fresca entrar. Na recepção, mesas brancas com detalhes em verde tornavam o ambiente mais acolhedor. Recepcionistas com olhar alegre também compunham a cena. Me apresentei, fiz a ficha, aguardei autorização do convênio e fui encaminhado à sala de espera com meus dois acompanhantes. Na oncologia estão acostumados a muitos acompanhantes, eu acho. Nova espera, tic-tac no meu relógio mental já se acostumando a nova e ansiosa realidade, tic-tac, tic-tac, 10 minutos, tic-tac, tic-tac, meus dedos descem os vídeos e reels sem prestar muita atenção, tic-tac, tic-tac, 20 minutos, tic-tac, tic-tac, uma porta se abre e fomos chamados.

- Ana Maria! Vamos entrar? Por favor se sentem, vocês são ?
- Eu sou Jorge, namorado da Ana e esta é Rosana a mãe, apresentou-se Jorge.
- Bom, sou Dr. Flávio Antônio, oncologista e soube do seu caso Ana, é uma prazer conhecer você, apesar de trabalharmos no mesmo hospital nem sempre conhecemos pessoalmente todos, mas já tivemos pacientes em comum. Bom, preciso te conhecer melhor ok . Vamos lá ! Quantos anos você tem? Quando notou a lesão ? Já teve lesões semelhantes antes? Tem muita exposição ao sol?

Ele foi lançando todas essas milhares de perguntas e fui respondendo quase no automático enquanto ele preenchia o prontuário no computador. Ao fim de longos minutos de interrogatório que chamamos no nosso meio de anamnese ele me examinou de cima abaixo e me chamou para sentar.

- Vamos conversar honestamente e brevemente como eu falaria com qualquer paciente, pode ser Ana ? Até para que todos entendam. Disse Dr. Flavio com uma calma inquietante.

- Tudo bem, vamos lá, quero saber tudo até porque me sinto leiga e perdida desde que me tornei paciente. Repliquei.
- O melanoma é uma câncer de pele, neste grupo ele é raro, mas apresenta taxas elevadas de disseminação para outros órgãos e até de mortalidade. Entretanto, nos últimos anos temos visto grandes avanços nesta área, sobretudo com o advento da imunoterapia. Esse tratamento, antigo na verdade, foi aprimorado a partir do conhecimento em relação ao comportamento da doença e em especial quando questionamos o motivo pelo qual nosso sistema imune não conseguiu combater as células tumorais. Descobrimos então uma forma molecular de ativar as nossas células de defesa contra a doença, informando a estas células que aquele tecido era mau e deveria ser combatido gerando uma reação contra o tumor. Este tipo de terapia tem efeitos colaterais diferentes e é melhor tolerados para maioria dos pacientes, mas nem tudo são flores, efeitos adversos existem e teremos que lidar com eles. Além disso, as taxas de controle da doença são muito melhores que os tratamentos anteriores.
- Então, estamos falando que este medicamento novo poderia curar a Ana? Minha mãe perguntou aflita.
- Não Rosana. Infelizmente, a doença da Ana já tinha se espalhado para os linfonodos e temos outras lesões nos tecidos dela. Nestes casos dizemos que a doença está mais avançada então o que buscamos é o controle. Que a Ana viva o máximo de anos possível com qualidade. É difícil neste termos utilizar a palavra cura, sinto muito.

Do canto do olho vi lágrimas caindo em todos os rostos familiares, pupilas dilatadas, um ar de assombro e descontentamento. Minha mãe logo tentou se recompor e perguntou quando poderíamos iniciar o tratamento e se seria após a cirurgia ou antes .

- Rosana, iremos começar assim que o convênio da Ana autorizar, geralmente demora cerca de 7 a 10 dias dependendo do convênio. Precisamos fazer antes da cirurgia para tentar garantir melhores resultados. Até começarmos encaminharei uma cartilha falando sobre a medicação e os principais efeitos colaterais. Fiquem à vontade para perguntar qualquer coisa neste período. Estamos todos na equipe torcendo.

Saímos desolados do consultório. Eu terei agora uma semana para viver e reviver as informações dadas. Não tem cura ressoava na minha memória e fazia meu estômago doer como um soco. Ninguém falava nada, estávamos todos parados no tempo, rezando baixo para ser só um pesadelo. Até que minha mãe soltou vamos buscar uma segunda opinião, um tratamento mais eficiente mesmo que fora do Brasil. Caso típico de desespero que tanto vi em pacientes com doenças graves e seus familiares. Nem consegui responder. Minha bateria, que pela manhã estava cheia, agora só um "pininho".

Acho que a ficha do Jorge caiu neste momento, ele estava calado , introspectivo, bateria em baixa, o olhar perdido de quem não sabia o que fazer ou o que falar. Confesso que eu esperava uma atitude mais carinhosa e receptiva, afinal era eu quem estava morrendo ali e não tinha energia para consolar ele, queria na verdade um colo, um abraço, um vai dar tudo certo estamos juntos nessa.

Entramos no carro e eu o pedi que nos deixasse na rodoviária para esperar meu pai. De lá chamaríamos um carro de aplicativo para nos levar e assim foi feito. Quando meu pai chegou demos um longo abraço. Meu pai era um homem simples, pouco estudo, pouca vivência de carinho e amor na infância, mas mesmo assim sua sabedoria e os poucos momentos de sensibilidade o levavam às lágrimas dos justos. Ele sabia acolher, sabia interagir e, principalmente, sabia quando falar, seja para repreender seja para acolher.

- Minha filha, não fique tão abalada! Ele me falou ao ouvido suavemente, esta vida é mesmo repleta de desafios, altos e baixos , conflitos e alegrias. O que importa mesmo no fim das contas é como encaramos tudo que nos acontece. Se estamos dispostos a lutar ou a correr. Estaremos com você e vamos vencer juntos, não se deixe perder no medo e na solidão. Fé menina!

Claro que com um discurso poético destes comecei a chorar, soluçar.

- Vamos menina se aprume! Disse ele pegando a bolsa de viagem dele e nos encaminhamos à área de desembarque para chamar o carro.

Fomos para casa mais leves e felizes, uma família, faltando apenas meu irmão, mas alguém tinha que cuidar do comércio. Assim, entre os meus, eu senti um calorzinho de esperança. Eu não estava só! Olhei o celular, abri minhas redes sociais onde todo mundo era rico e feliz e decidi ficar uns dias sem olhar aquilo. Olhei então pela janela do carro vendo a cidade lá fora com outros olhos, olhos abertos para ver o universo, uma clareza que eu não tinha semanas antes.

Chegamos em casa , um cheirinho de lugar conhecido e amado, um sentimento de pertencimento aqueceu meu coração ferido. Fizemos almoço com gosto de casa, frango com quiabo, vindo do interior e trazido pelo pai na sua bolsa de viagem, sabe-se Deus como ele fazia tudo caber em tão pouco espaço. Café de aperitivo, um bom banho, conversas e mais conversas. Notícias da nossa pequena cidade foram contadas e até alguns segredos revelados, tudo advindo dos papos de balcão do papai. Nossa, como as horas passam ligeiras quando estamos com as pessoas mais próximas que temos, quanta simplicidade nestes momentos de troca.

Meu pai quis saber tudo da consulta , mesmo entendo pouco e deu sua opinião, iniciaremos o tratamento, ele disse, mas buscaremos também outros médicos. Vamos pesquisar na internet e vamos correr atrás. Não aceitaremos um não, uma palavra e ponto final. Ele era assim, virginiano assertivo e prático. Sempre sabia para onde ir e como chegar. Era nosso esteio, nem sempre perfeito, às vezes frio e sistemático, mas sempre forte e sólido.

Com tudo isso acontecendo e pelo menos uma semana pela frente sem perspectivas, trabalho e tratamento, resolvi levar meus pais para conhecer a grande metrópole que eu vivia, afinal eles nunca estiveram juntos aqui, o trabalho não permitia tal regalia, mas agora estávamos juntos e nos restava aproveitar. São Paulo é uma enorme cidade, temos muito que ver e não nos deixaremos abater. Empolgada com a resolução e com o apoio direto dos meus pais fui pegar o computador para avaliarmos onde ir.

Fiz um roteiro que iniciaria logo pela manhã com uma caminhada no parque seguindo por visitas aos principais pontos turísticos e paradas em cafés e restaurantes, oba, estava mais uma vez empolgada e tinha esquecido meus problemas por um minuto. Anotei os lugares, maneiras de nos locomover melhor, preços de entradas assim como fazem os turistas, peguei um caderno vazio, canetas coloridas e marca-texto, anotei tudo com setas, desenhos e frufrus como no tempos da escola, era uma menina renascendo em mim, a garota esperta e curiosa que deixei para trás na rotina pesada do hospital.

Nesta energia criativa e animada ajudei meus pais a se estabelecerem na minha cama de casal, após trocar toda roupa de cama, e arrumei meu próprio aconchego no quarto ao lado de hóspedes no meu sofá-cama pouco usado. Parecia férias novamente!

Adormeci pensando e sonhei o mesmo sonho ansioso na praia buscando algo, mas não sabia o que era, agora eu corria, suava e ofegava. Atrás meus pés ficavam marcados na areia e hoje não havia cão, era uma corrida solitária. Ao longe uma luz muito brilhante me convidava a seguir sem parar, como se fosse esta luz que me enchia de energia, o céu era de um azul profundo e se confundia com o verde do mar sem ondas. Ninguém na espreita, apenas eu, meus passos e uma luz brilhante.

Novamente acordei assustada e a nuca úmida de suor. Olhei o

relógio do celular, ainda era madrugada, três e pouca da manhã, o silêncio da noite só era rompido pelos carros ao longe na avenida. Fui até a janela para sentir a brisa fria do outono. O que eu estaria buscando neste sonho tão repetido, a morte talvez ? Martelava os pensamentos. Claro que não consegui dormir e preferi ir para sala ver televisão, o mesmo canal de viagens me levou desta vez a Toscana na Itália. Nossa quantas maravilhas, planícies de perder de vista entremeadas por vinícolas e castelos.

O primeiro tour começava na famosa cidade de Florença, onde se destaca uma grande estátua em bronze, uma réplica do David de Michelangelo em um praça linda em frente ao rio Arno. De lá os apresentadores passeiam em um charmoso e antigo comércio na Ponte Vecchio , todo tipo de buginganga turística podiam ser encontradas e achados como joias e antiguidades muito interessantes. Seguiu o passeio pelo Palácio Pitti e a Galeria da Academia de Belas Artes.

Aproveitei o intervalo típico para pegar um pote de sorvete com avelãs que eu escondia de mim mesma no congelador há semanas e abri para comer com uma colher todo o conteúdo, veja só, meu apetite também tinha voltado.

Na volta, de carro o casal se dirigiu pelas planícies até a cidade medieval de Monteriggione , perdi o fôlego com o lugarejo todo envolto em grandes muralhas de pedra marrom, no centro, uma comunidade de poucas casas. Dentro destas muralhas há um passeio inusitado em um museu com artigos medievais, espadas e roupas de cavaleiro. Ao seguir, seguiram para a bela cidade de Siena, onde o casal desfrutou de um almoço típico regado a vinho Chianti, um artigo muito apreciado no mundo todo. Após caminhadas livres pelas ruelas antigas.

Novo intervalo e pensei em como as propagandas podiam cortar o sonho e o tesão do momento, da minha viagem direto do sofá. Aproveitei para uma ida ao banheiro e *Voilá*, continuamos o passeio ruma a um delicioso sorvete premiado em San Gimignano, mais uma charmosa comunidade medieval preservada entre suas muralhas e com suas 14 torres destacadas na paisagem e fechando a aventura com um jantar maravilhoso acompanhado por vinho Vernaccia do San Gimignano. Suspirei três vezes, tantos lugares que quero conhecer , tanto vida para viver, agora minha lista de lugares cresceu e incluía Tailândia e Itália! E com lamentações e esperanças cochilei ali mesmo.

Fui despertada pelo sol na janela e o aroma inebriante da cozinha, cheiro de mãe em casa e o barulho do papai fazendo a barba no banheiro, hummmm como é bom. Espreguicei, esticando os dedinhos, roçando-os contra os lençóis macios até me levantar e ir me arrumar. Na mesa de café meus progenitores amados me esperavam com um beijo de bom dia. Comemos animadamente, afinal teríamos um dia de passeios.

Passeio número 1, Parque do Ibirapuera um lugar lindo, mata verde, espaços para caminhadas, ciclistas. Ele foi inaugurado em 1954 e ainda hoje encontra-se muito bem cuidado e com diversas atrações. Meu pai encantado foi tirando várias fotos no celular para mostrar ao povo na nossa cidade. Tirava foto de árvore, de pássaro, de monumento. Resolvemos entrar no Museu de Arte Moderna MAM, lindo por fora e dentro. Não sei se meus pais gostaram muito das obras expostas, mas como nunca tinham entrado em um museu como este estavam devidamente empolgados e curiosos. Passamos por diversas salas vendo esculturas, pinturas e todo tipo de representação abstrata. Paramos no Jardins de esculturas para admirar e foi quando notamos a fome chegando. Então fomos almoçar no restaurante do próprio museu, um buffet feito para engordar bem em uma tarde.

Seguimos até o Pavilhão Japonês, um deleite de arquitetura e um jardim que te transporta para o outro lado do mundo, muito bem cuidado com árvores podadas e grama bem verde. A réplica do Palácio Katsura surpreende . Me peguei pensando nesta população tão longeva, recentemente li que um Japonês e um americano foram ganhadores do Prêmio Nobel de Medicina por suas descobertas em relação ao tratamento proposto para mim, a imunoterapia contra o câncer, não dei muita atenção na época, mas agora fazia todo sentido pensar nisso enquanto admirava as carpas coloridas no lago.

Após paradinha para fotos com o Obelisco e o Monumento às Bandeiras discutimos se esperávamos o espetáculo das fontes que aconteceria a noite ou se caminhávamos para jantar em algum lugar bacana, afinal as pernas desacostumadas já reclamavam alívio e conforto. Rosana, vulgo mamãe, assumiu as rédeas e fomos caminhando até o estacionamento buscar o carro e seguir o roteiro. Neste momento, pela primeira vez acreditem, fui checar as mensagens. Tinham várias do trabalho , colegas querendo saber como eu estava, certamente a notícia do meu adoecimento se espalhara, uma do Jorge perguntando por mim e nosso passeio terminando com saudades e beijos. Respondi algumas alegremente refletindo o dia de paz que estávamos tendo, perguntei sobre os pacientes e respondi ao Jorge com uma figurinha de beijo ao final da mensagem.

Fomos a um restaurante a caminho de casa, indicado por um aplicativo e com 4 estrelas pelo opinião do público. Era mesmo bom e o preço quase justo. Nos refestelamos em massas da casa acompanhado por água com gás e foi chegando o sono, enfim sono após tantos dias de insônia e despertar durante a noite. Agora era chegar em casa, um bom banho e cama, amanhã a saga continuava com múltiplas programações.

Antes de adormecer, já deixada nos lençóis aproveitei o tempo para ler o material que o Dr. Flávio tinha me enviado e conhecer mais sobre a medicação ativando a médica adormecida em mim, procurei também especialistas na internet e encontrei alguns em Israel e nos EUA, resolvi anotar contatos, resumi efeitos colaterais possíveis do tratamento e me vendo ansiosa parei de olhar a tela do computador para dormir.

Hora de acordar, os primeiros raios de sol aqueciam o ambiente me fazendo suar sobre os lençóis. Ruídos de movimento mostravam que meus pais já haviam se levantado, o cheiro da cozinha mais uma vez aguçava minhas memórias afetivas, mais um dia agradeci ao Universo. Me arrumei animadamente e cheguei à cozinha com um grande:

- Bom dia amados ! Animados?
- Bom dia Filhota! Minha mãe disse. Estamos sim muito animados, estes dias tem sido muito bons, mas filha você não acha que precisamos tomar algumas decisões? Procurar outros médicos, pegar uma segunda opinião ? Ligar para seu convênio e tentar agilizar a autorização do seu tratamento. Estamos preocupados Ana e queremos ajudar no processo enquanto estamos os dois aqui. Seu pai precisará voltar em breve.

Nossa, o assunto amedrontador conseguiu revirar meu estômago, tirar meu apetite e levar do céu ao inferno rapidinho. Eu queria esquecer, apagar meus problemas, evitar o assunto câncer a todo custo. Estava me negando a ver a realidade. NEGAÇÃO, mais um sintoma que indicava que eu teria virado exatamente uma paciente e do tipo que eu meio que julgava e criticava.

- Sim mãe. Eu disse um pouco desanimada, precisamos sim, mas eu esperava um pouco mais de folga do assunto, tem sido reconfortante não pensar nisso o tempo todo. Tenho evitado amigos e colegas, o celular e até o Jorge, apenas para não ser pega pelos pensamentos na doença. Apesar de saber que não adianta fugir, não sei se tenho forças agora para lidar com tudo. Só queria me sentir um pouco mais assim, criança, em casa, com meus pais, sendo cuidada e acolhida.
- Filha, sabemos que encarar algo grave não é fácil Ana, entretanto, você sempre foi uma menina além da sua idade, responsável, forte, determinada, sempre soube o que querida e traçou com sabedoria o caminhos que te levaria até lá.

Agora a vida está solicitando de você as mesmas habilidades para seguir e buscar se curar. Nós somos seus pais e vamos te ajudar, mas a determinação em vencer deverá vir de você, da sua força interior e da sua capacidade de acreditar que é possível. Meu pai falou com a sabedoria dos grandes estudiosos populares da alma.

Seguiu-se um silêncio desconfortável, o barulho apenas das xícaras descansando sobre o pires e até o mastigar era ouvido. O interfone rompeu este estado sombrio. Era Jorge, pedi para subir, mais um para compor a sinfonia de convencimento em prol de me tirar da inércia em que estava .

Diferente de outros tempos, quando ele utilizava a própria chave, bateu a campainha, fui atender sem grande entusiasmo e o recebi com um beijo quase amoroso.

- 	Ana, estou passando para ver como você está, você anda tão distante! Ele me disse durante o abraço.
- 	Eu sei Jorge, mais um para o grupo que julga minha fuga da realidade. Acontece que não estou querendo muita conversa, até porque o assunto atual me desfavorece, estou tentando processar os últimos acontecimento utilizando a amnésia e a negação. Eu disse sorrindo.
- 	Minha linda, (ele disse carinhosamente), você sabe que pode contar comigo não é? Não se afaste assim, amanhã terei folga e poderei passar o dia com vocês e te ajudar a resolver os trâmites necessários . Minha mãe e irmã também estão preocupadas e gostariam de te fazer uma visita.
- 	Jorge, não estou no clima para visitas, falar sobre a doença ainda desperta um certo pânico, além disso não começamos tratamento e ainda estou muito perdida. Meu pai quer uma segunda opinião, minha mãe falou algo sobre buscar tratamentos alternativos, o que rejeitei de início, mas começo até a cogitar. Na verdade estou me dando um prazo, uma férias do assunto para conseguir processar tudo que

tem acontecido comigo. Peça a elas desculpas com muito cuidado e diga que assim que eu estiver um pouco mais fortalecida marcamos um café. Até lá estou tentando curtir essa pausa com meus pais. Argumentei com carinho e com toda gentileza que me era possível.

- Tudo bem Ana, só quero que saiba que estou aqui para te apoiar e que também estou sofrendo e com medo. Só não quero que você se afaste mais. Ele disse abaixando as sobrancelhas negras muito grossas que eu achava um verdadeiro charme.

Nos abraçamos uns minutos, servimos mais café e comemos com a intimidade de outros tempos. Algum tempo depois Jorge se despediu de todos, precisava ir trabalhar e manter a rotina de todos os mortais. Enquanto nós, privilegiados pelo ócio da doença em curso e do trauma atual, poderíamos passear à vontade.

Apesar da programação já feita que nos levaria a museus e shoppings hoje, minha mãe de coração e criação católica, pediu para ir a igrejas e locais de oração para que ela pudesse se conectar com Deus. Então pegamos bolsas e apetrechos e fomos em busca da fé inabalável dos meus pais. Não podia ser diferente, começamos visitando a Catedral da Sé, inaugurada em 25 de janeiro de 1954 pela comemoração do IV centenário da fundação da cidade. É realmente monumental, com colunas que demonstram nossa pequenez, ajoelhamos e meus pais passaram 20 minutos em orações compenetradas.

Após as orações e o espírito mais cheio de esperança nos deparamos novamente com a realidade da vida, as diferenças sociais e diante do amontoado de pedintes que se espalhavam ao longo da praça. Com esta chocante e tocante imagem seguimos em busca de história até o Pateo do Collegio, onde há uma pequena igreja dedicada a São José de Anchieta e o museu de Anchieta. O local mantém viva a história do nascimento da cidade de São Paulo a partir do colégio de Piratininga e da chegada da missão dos jesuítas em 1554. Lá aproveitamos um café tradicional paulista, acompanhado de pão de queijo, delícia mineira muito bem aproveitada e apreciadas por estas bandas, este lanche nos manteve sem fome para o almoço nos permitindo seguir caminho.

Confesso que apesar da história impressionante, arquitetura e peças de artes, meus coração ainda não tinha se conectado espiritualmente com Deus e nem com a religião, as mazelas do mundo me indicavam que não haveria justiça, via criações humanas imponentes para alguns e homens miseráveis de outro. Doenças, medo, pobreza acometiam a todos, sem distinção de bondade ou merecimento, onde estaria a justiça e o amor. Entretanto, mesmo com meus devaneios, optei por não compartilhar com meus pais estas impressões já que os mesmos demonstravam verdadeiro júbilo ao contato com as imagens como se pudessem tocar a própria divindade, para eles tudo isso fazia sentido.

Seguimos animados até o Mosteiro de São Bento, que é uma construção linda, grandiosa, um prédio comprido, ligado a uma Basílica. Dentro acompanhamos o canto dos monges e a missa da tarde. Total júbilo para meus pais e uma mistura de tédio e descobrimento para mim. Apesar das minhas ressalvas religiosas, eu estava sentindo uma paz, um silêncio mental, um acalmar da minha consciência que despertava algo além do pensamento. O sermão me tocou quando discutiu os milagres de Jesus curando o leproso e pedindo-o que expusesse seu milagre no templo. Quem sabe se esse mesmo Jesus, consolador, não poderia me curar também ? Meu consciente médico científico e racional rapidamente se voltou contra este pensamento me jogando de volta ao fundo do poço das estatística tenebrosas dos pacientes com câncer avançado.

- Ana, tudo bem? Mamãe me tirou do transe bipolar que alternava entre esperança e depressão profunda. Gostou da missa Ana ? Você precisa ter esperança e fé, para Deus nada é impossível e eu creio no milagre da sua cura!
- Mãe, você sabe que não acredito nessas coisas né, apenas no

que é científico e palpável. Sou grande defensora da medicina baseada em evidências e as ficções deixo para os livros e filmes. Mas, estou me sentindo melhor, esse canto, esta pausa me deu uma paz que não sei explicar e lhe agradeço por isso mamãe.

Meu pai silencioso meditava no seu retorno para casa no dia seguinte. Seria o fim de um conto de fadas da família unida na qual me encontrava, mas ele precisaria voltar e ajudar meu irmão, minha mãe ficaria comigo até o início do tratamento, o que já era um grande alento para meu coração. Fomos juntos jantar e aproveitar o tempo que restava. Comemos um belo espaguete com almôndegas da mama, conversamos bastante e nos dirigimos satisfeitos para casa.

V

O dia chegou, o convênio demorou 11 dias para autorizar meu tratamento e só o fez após eu ameaçar um processo e uma denúncia no órgão regulador. Meu dinheiro também estava no fim e eu aguardava o seguro responder ao meu pedido de resgate por doença grave, tudo isso tinha feito dos últimos dias um verdadeiro passeio em um trem fantasma sugando toda minha energia.

Pulei cedo da cama, tomei meu café acompanhada pela minha mãe e aguardamos Jorge gentilmente vir me buscar. Estávamos estranhos, o último mês tinha nos afastado e eu não tinha cabeça para namorar, muito menos para ouvir os assuntos vazios do trabalho, a reclamação constante do gerente que pegava no seu pé ou sobre o sobe e desce do mercado financeiro. Todas essas coisas do dia-a-dia comum me pareciam superficiais agora, quase insignificantes e eu não conseguia esconder meu tédio quando estávamos juntos. Mesmo assim ele se ofereceu para nos acompanhar esta manhã.

Jorge chegou com um botão de rosa bem vermelho e vibrante, me entregou com olhos marejados e brilhantes.

- É para dar sorte, ele disse.

Dei-lhe um beijo carinhoso e fomos para o hospital, aquele mesmo lugar onde eu entrava segura e com passos firmes de quem sabe exatamente onde está e o que está fazendo agora entrava com certo tremor, olhos baixos e desconfiados repletos de angústia e esperança. Subi em silêncio os andares, me aproximei da recepção, me apresentei e aguardei chamar meu nome o que foi rápido. Sozinha me dirigi a uma sala com poltronas verdes separadas por cortinas da mesma cor, poucas estavam ocupadas e eu escolhi uma próxima a uma janela que serviria de distração. A enfermeira se aproximou:

- Olá Ana, como está hoje ? Sou Leandra, enfermeira da oncologia e te assistirei hoje. Começaremos com a imunoterapia, um medicamento que deve demorar cerca de 60 minutos. Antes de começar preciso puncionar uma veia no seu braço.
- Tudo bem Leandra, prazer e obrigada. Vamos lá , não temos saída né!

Enquanto a medicação corria com dificuldade pela minha veia, eu tentava me distrair com um livro denso de Gabriel Garcia Marquez, O Amor nos Tempos do Cólera, que exigia mais da minha atenção do eu podia oferecer, então passei para as notícias no celular o que piorou tudo, um atentado a bomba, roubos e assassinato... fala sério do meu ponto de vista o planeta azul estava se tornando cinza. Tentei manter o pensamento positivo e minha mãe veio ver se eu estava bem e se queria algo, Jorge tinha ido trabalhar. Eu só queria minha vida de volta e me arrependi de cada reclamação, sentia falta dos meus pacientes e do movimento diário automático de ir e vir nos corredores dali com exames, prontuários e concentração.

Meus pensamentos viajavam longe e a lembrança de Deus me acometeu novamente, não pude, então, deixar de fazer a velha pergunta: Por quê eu ? Tinha que ter uma resposta, eu era jovem, sadia, estudiosa e tinha um futuro habitual bem promissor pela frente, ainda assim eu estava ali, presa a um equipo por onde corria um medicamento que era um misto de esperança e estagnação pois, segundo as estatísticas, eu teria mínimas chances de cura e buscamos apenas aumentar meu tempo de vida, mas quanto ? Perguntei a mim mesma chorando. Entendi porque o fundo do poço é um local tão visitado hoje em dia, em especial se não há perspectivas para o futuro e se minha mãe estiver certa nos seus ensinamentos estarei mais ou menos enrolada no purgatório pela minha pouca fé, nada de missas e viver em pecado anos com meu namorado, terei muita sorte de escapar do fogo ardente do inferno descrito por Dante.

Como se não bastasse a medicação começou a arder muito, chamei a enfermeira e ela observou que meu acesso (a agulhada no braço) tinha saído e a medicação estava se infiltrando, fala sério né! Qual corvo ou urubu aterrissou sobre minha cabeça ? Acesso trocado mais tempo de meditação e um verdadeiro mergulho na minha mente dantesca. Um medo da morte tomou conta do meu coração, se não houvesse alma, vida após a morte e se tudo estivesse acabando ou finalizando para mim? Como eu queria acreditar que havia uma saída, uma forma de viver mais, uma segunda chance para ser melhor e fazer o bem. Neste ínterim um verdadeiro espírito tomou conta de mim , uma sensação de paz, uma fagulha de esperança que se ascendia e me dizia lá no fundo para ter calma, de onde vinha este sentimento estranho e totalmente inesperado eu não sei, mas foi bom como um bolo quente com café e acabei adormecendo.

Acordei com a enfermeira gentil dizendo que tinha acabado, pronto, primeiro passo dado, não era como o passo do primeiro homem na lua, mas era o meu momento de partida. Encontrei minha mãe e fomos para casa, onde aquele bolinho recém assado me aguardaria se eu conseguisse comer. No caminho liguei para o Jorge, para meu pai e até consegui sorrir, estava tudo bem e eu estava ali, com consciência de mim mesma e ainda sem saber de onde este sentimento tinha vindo.

Em casa, após um banho relaxante e de ter conseguido comer, voltei ao meu atual favorito canal de viagens onde eu encontro consolo nos lugares que não conhecia. Passava uma viagem vista de cima por filmagens de drones de templos Hindus na Índia, revelando um país inteiro de muitas cores e muita gente. Via-se tecidos, flores, fumaça dos incensos. A arquitetura era antiga e surpreendente. Do alto viam-se pessoas perambulando e alguns homens em posição de lótus como se meditassem imóveis, crianças corriam e alimentos diversos entravam nos templos. Muita história nova e desconhecidas afinal quem eram os Hidus ? E seus Deuses animais como vieram a fazer parte deste misterioso planeta? E dei conta de como eu sabia pouco sobre o mundo e seus regentes, seus mistérios e culturas. Me deu uma vontade enorme de estudar e conhecer, afinal, eu tinha pouco tempo de vida.

Comecei a buscar no computador respostas. Descobri que o Hinduísmo data de 1500 a.C , a partir das escrituras sagradas dos Vedas, um povo antigo que habitava a região, mas a verdadeira origem antecede os registros. É a terceira maior religião do mundo com mais de 1,2 bilhões de seguidores, me espantei com isso, uma religião tão grande e eu sabia muito pouco sobre. Eles acreditam no politeísmo com diversos Deuses cada qual com uma habilidade e com características por vezes animais por vezes bastante humanas. No programa eles visitam o templo Kashi Vishwanath em Varanasi, uma construção peculiar, com abóbadas douradas em pirâmides e na base paredes ornamentadas com muitas texturas.

Na crença Hindu alguns temas são discutidos habitualmente como os quatro Purusãrthas : dharma (ética e deveres), artha (trabalho e prosperidade), kama (desejos e paixões) e moksha (liberdade das paixões e do ciclo de morte e renascimento, eles acreditam em reencarnação). Os seguidores estão espalhados na Índia, Nepal, Ilhas Maurício, Bali e Indonésia principalmente, mas populações menores estão espalhadas pelo mundo.

Fiquei tão envolvida com as novidades que nem notei as horas, passava das 02:00 da madrugada e eu precisava dormir pela primeira vez depois de tanto tempo com uma paz pura e aconchegante no meu coração.

O raios solares invadiram o quarto, desde a ida do meu pai eu tinha voltado à minha cama gostosa e estava feliz com aquele lugarzinho tão familiar. Leventei-me espreguiçando com o já habitual cheirinho de café quente e novo. Me olhei no espelho reparando as cicatrizes no pescoço, e esta atitude já era uma grande evolução, talvez eu estivesse pronta para voltar a minha vida de sempre, meus pacientes, meu namorado e meus amigos, tudo que eu vinha evitando no último mês, me apressei, então, e mandei mensagem para a coordenadora do serviço e até que ela respondesse cuidei de retornar o caríssimo cuidado matinal com a minha pele, um produto depois o outro, troquei a roupa, coloquei uma blusinha rosa de cetim e um jeans moderninhos com rasgos no joelho.

Tomei meu café com minha mãe animada, conversando sem parar sobre tudo, sonhos, desejos, contei do programa que vi ontem. Peguei o telefone para ligar para o Jorge e vi a mensagem da Joanne coordenadora da clínica médica, dizendo para eu me tranquilizar, ela já havia passado minhas atividades a um colega para que me concentrasse no meu tratamento, não era isso que eu esperava ou desejava, afinal queria esquecer que estava doente retomando minha rotina de antes. Mamãe vendo minha decepção disse:

- Ana a pouco tempo você percebeu que a vida que você tinha não era o que realmente queria, você estava vivendo no automático filha. Agora você tem a oportunidade de fazer tanta coisa.

- Na verdade não mãe, em duas semanas tenho exames e medicação, não posso viajar. Além disso, o que eu faria. Sou médica e é só o que sei fazer e agora me sinto perdida sem meu emprego, em tratamento, afastada de amigos, mãe, não quero pensar que está tudo perdido e me fazer de vítima das circunstâncias, mas não estou vendo saída, não enxergo a luz acima do poço que entrei e me afundei. Não tenho propósito, não sei o que acontecerá amanhã.

- Filha, nós nunca sabemos na verdade o que vem amanhã ou depois, a vida é uma caixinha de surpresa e quando menos se espera tudo muda rápido, temos uma falsa sensação de controle sobre a vida e não percebemos as novidades. Acredito que tudo que nos acontece é para melhorar de algum jeito, para nos incentivar a crescer.

- Quanta filosofia mãe, mas uma certa razão, nos últimos 5 anos muita coisa mudou e não foi ruim, só gostaria de responder algumas perguntas que me atormentam no momento: Por quê eu? O que vem depois? O que realmente quero da vida ? Quanto tempo vou viver? Qual o sentido de tudo isso? E muitas outras ....

Mamãe me lançou um olhar de surpresa balançando a cabeça em negativa... era mesmo assustador estar ali vivendo aquele momento. Deixei a cozinha a caminho do quarto ligando para Jorge que atendeu rapidamente:

- Oi amorzinho, ele disse .
- Desde quando me chama de amorzinho? Você está estranho menino !
- Só quis ser carinhoso amorzinho, disse ele rindo. Como você está heim ?
- Estou bem, sem muitos efeitos colaterais até agora, um pouco desanimada. Vamos nos encontrar hoje ? Que tal um filme, um café ? Soube que lançaram uma nova versão de Amor Sublime Amor ...
- Ana desculpe, hoje não posso, combinei com o pessoal do trabalho uma saída para comemorar o bebê do Carlos, a mulher dele soube que está grávida esta semana e não posso deixar de ir . Quer vir comigo ?
- Não, não estou no clima , obrigada e divirta-se, nos falamos amanhã .

Como a vida continuava, bebês nasciam, pessoas trabalhavam em suas rotinas corridas sem lugar certo para chegar e eu estava ali completamente sem norte ou direção. Sozinha ali fiquei curiosa em saber como andava a vida dos outros, havia semanas , não meses, desde que tudo aconteceu e revirou a minha vida. Desde então eu não olhava minhas redes sociais, talvez por tentar negar o que me acontecia, medo de sentir inveja da alegria de todos estampada nas fotos de festas, viagens e do sucesso alheio. Abri meu Instagram e rolei o feed rindo de alguns memes, vi que uma colega do trabalho estava grávida e fazia um daqueles chás revelação do sexo do bebê que tinha virado moda ultimamente e onde se gastava uma grana. Vi amigos do tempo da escola viajando juntos, estranho nem fui convidada, mas também não iria. Procurei pela minha amiga Tânia, vi que ela tinha ido a uma festa no último sábado com o pessoal do hospital, exceto por uma garota que sorria abraçada a ela, quem seria ? Decidi entrar no Instagram da menina e para minha surpresa estava aberto, ou seja, eu não precisaria ser aprovada para ver as fotos. Fui passando e vendo que ela estava bem presente em eventos com meus amigos, opa esqueci, eu tinha muito poucos amigos, talvez só a Tânia mesmo, corrigi para colegas de trabalho com quem eu saía e compartilhava os momentos de lazer, entretanto, uma foto fez minhas pernas tremer.

Antes não tivesse aberto o Instagram, eu sabia que mentalmente não estava em condições de participar das vivências perfeitas criadas pelas redes, que apesar de ter consciência que não era a realidade, todos tem problemas e os não postamos, ainda assim me doía e me deixava mais deprimida com minha realidade. Aquela foto perturbava minha visão. Um grupo sorria e levantava seus copos em um bar conhecido, chamado Garoa da Noite, bem badalado. Entre alguns rostos não identificados eu vi Jorge com um copo de chopp para o alto e bem próximo da garota com seus rostos quase colados, uma sensação de que algo não estava certo, hoje ele não quis me ver, mas me chamou para ir? Quem seria ela ? Jorge não teria coragem de me trair e pior a Tânia a conhecia o que quer dizer que estou ficando meio louca. Meus pensamentos não paravam, muitas hipóteses passavam pela minha cabeça, estava assustada com medo e negando o que poderia ser. Me olhei no espelho , vi as cicatrizes, as olheiras fundas das noites mal dormida e até rugas de preocupação na minha testa, meu cabelo não tinha caído mas estava ralo e sem brilho, minha autoestima estava no chão.

Decidi ligar para a Tânia, mas o que diria para ela? Estou insegura por tudo que estou passando e acho que Jorge está me traindo, falei em voz alta rindo de mim mesma. Eu não conseguiria dormir, liguei de todo jeito, busquei o nome na agenda e esperei atender com o coração acelerado. Chamou uma, duas, três vezes e nada de atender. Desliguei e decidi pensar melhor. Fiz um chá de camomila, da coleção da minha mãe, ela tinha saído para compras e deixou um bilhete dizendo que não queria me incomodar e que era para eu tentar descansar. Bom, sem alternativa deitei na minha cama com o chá ao lado, chorei baixinho até adormecer.

VI

Naquele dia acordei mais calma e certa que estava enganada, que minha mente estava me sabotando por causa do medo que sentia. Tânia não me retornou, mas mandou uma mensagem dizendo que estava com saudades e com emojis de beijos e corações. Decidi procurar um psiquiatra para me ajudar e ele disse ser normal me sentir tão insegura quando estava em tratamento e me receitou um antidepressivo e um medicamento para dormir "tarja preta", ou seja bem forte, foi assim que definitivamente tinha entrado para geração Prozac.

Semanas se passaram e uma nova sessão de imunoterapia. No dia anterior eu tinha colhido exames de sangue que mostraram uma leve anemia apenas, uma alteração dos marcadores pancreáticos significativa indicavam um possível alteração chamada de pancreatite. Tudo foi encarado como normal pela residente da oncologia que me atendeu naquele dia e fui encaminhado para sala de medicação. Aproveitei o momento para ler um livro que eu estava adorando e tinha me identificado sobre uma mulher jovem com melanoma avançado também , chamava O Desejo, de Nicholas Sparks, um autor que tinha me chamado muita atenção nos últimos tempos com histórias impressionantes romanceadas. Eu estava lendo com muito interesse, mas as náuseas vieram e deixaram as letras embaralhadas e precisei parar em um momento muito decisivo da história. Fiquei quietinha e resolvi pedir um medicamento, logo a enfermeira trouxe o que resolveu parcialmente.

As náuseas ficaram piores, comecei a vomitar um líquido ácido e muito escuro e a residente foi chamada, ela me examinou e disse que era habitual e apenas me pediu que repetisse os exames mais cedo antes da próxima sessão, fui embora com a sensação que meu mundo girava, por sorte Jorge tinha vindo nos buscar, eu não tinha a menor condição de dirigir. Eu tinha decidido deixar aquela foto para trás e não falar nada com ele, eu não poderia lidar nem com mentiras e nem com uma verdade devastadora. Ele foi distraído e carinhoso como sempre, trouxe chocolates para mim, o que não consegui nem sentir o cheiro, mas agradeci. Ele nos deixou dizendo que estava com muitas atividades para fazer. Tânia por sua vez não atendeu novamente minhas ligações, muito estranho sempre enviando no lugar mensagens dizendo para eu ficar boa logo e que estava com saudades.

Os dias que se seguiram oscilaram entre náuseas, vômitos e muito desânimo. Não consegui ler, o que se mostrou recorrente e os livros se acumulavam sem eu chegar ao fim das histórias. A TV me entretinha no canal de viagens e decidi evitar fortemente redes sociais que só serviam para eu me sentir ainda pior. Na minha cabeceira tinham muitos remédios, água e chá. Fiz os exames que foram solicitados e fiquei muito assustadas com os resultados que mostraram uma pancreatite forte (inflamação no pâncreas) além disso um hormônio, o cortisol estava estranhamente baixo. Liguei para o Dr. Flávio que me orientou a ir para o pronto atendimento do hospital para ser internada. Com muito medo fomos para o hospital, fui atendida por um novato ligeiramente inseguro, colocada no soro venoso e internada, nesta altura eu estava tão prostrada e cansada que nem me abalava mais, seguia as orientações, andava de maca e camisola aberta para trás por aí, descabelada e desconectada da realidade, tinha sido diagnosticada com pancreatite e insuficiência da glândula adrenal por causa do tratamento e precisaria de cuidados hospitalares.

Os dias passavam rápido, eu me sentia melhor, estava em um quarto confortável, com flores espalhadas, tinha dormido demais e nos períodos acordada fazia exames diversos, via TV, retomei minha leitura. Minha mãe não me deixava sozinha, apenas por poucos períodos assumidos pelo Jorge. Meu pai e meu irmão se ofereceram para vir , mas mamãe achou melhor não, segundo ela eu estaria melhor bem rápido. Da janela do quarto eu via ao longe a cidade que corria para lá e para cá veloz e constante. Também podia ver estrelas no céu quando acordava no meio da noite.

Naquela altura, após cerca de 6 dias de internação, eu já conseguia raciocinar melhor, estava mais disposta e até corada, então resolvi dar uma olhadela nas redes sociais, rolei o feed em busca de entretenimento, vi propagandas com vendas diversas, vestidos, calças, perfumes e todos os tipo de produtos, uma foto porém me chamou atenção. A turma do trabalho do Jorge reunida e mais uma vez a mesma mulher da foto anterior com Tânia, o Jorge não aparecia nesta foto, mas mesmo assim voltei ao Instagram da menina, Sofia, era o nome dela e mais um choque, várias fotos dela com Jorge abraçadinhos, em uma eu podia ver a Tânia sorrindo e outras três mulheres enquanto Sofia e Jorge se beijavam. Meu mundo girou depressa. Minha mãe entrou no quarto e disse que eu estava pálida e perguntou se eu estava bem.

- Mãe, o Jorge está me traindo. Eu disse quase sem acreditar, falando alto para que eu mesma pudesse ouvir. Como ele podia fazer algo assim, agora no meu estado ?

Minha mãe me abraçou sem dizer nada, me aconchegou no seu ombro.

- Não sei o que dizer filha, tem certeza ? Ela também não acreditava.
- Tenho mãe, olha as fotos e tem o pior : a Tânia, ela sabia de tudo, logo ela, minha única atual amiga, alguém que eu confiava, foi ela quem viu minha lesão primeiro, viu meu desespero, como isso é possível ?
- Filha, Ana se acalma, você não pode se abalar assim. Jorge ficou de vir aqui por volta de 17:00, após o trabalho, vamos conversar e entender o que está acontecendo, não tire conclusões precipitadas. Sei que deve ter uma explicação, ele

foi tão dedicado nos últimos dias, esteve ao seu lado e eu nunca gostei muito da Tânia, ela sempre me pareceu esnobe.

Nem as doces palavras da minha mãe conseguiam cessar meu desespero, as lágrimas desciam soltas por todos os últimos dias de dor e insegurança, me vi em oração, pedindo, implorando para me manter mentalmente estável já que estava a beira da loucura. Tudo agora era medo e dor. Então alguém bateu na porta do quarto e minha mãe autorizou a entrada. Era Jorge.

- Oi Ana, como você está hoje ? Já podemos esperar pela alta? Ele foi dizendo sem perceber inicialmente meu rosto molhado e o clima pesado.
- Vou deixar vocês conversarem, tá Ana, estarei no café lá embaixo. Minha disse batendo a porta do quarto.
- Jorge, senta, vamos conversar. Sei que tenho estado distante com a doença, até desatenta com você e com a vida, mas não esperava uma atitude como esta. Falei virando o celular com a foto para ele.

Ele baixou a cabeça sem me responder de imediato.

- Ana, desculpe, por favor me perdoe. Eu queria te contar mas você estava doente e eu queria que estivesse mais forte.

Eu estava estática, sem conseguir responder, meu corpo formigava como que anestesiado pela situação.

- Eu conheci a Sofia em uma reunião em um bar que fui com o pessoal depois do trabalho, tivemos uma afinidade instantânea, mas eu disse que era comprometido. Mesmo assim, o Carlos muito amigo dela deu meu Instagram para ela e começamos a conversar, eu só soube depois que ela era muito amiga da Tânia quando nos encontramos em uma festa. A Tânia, coitada, está muito sem graça com você, tem evitado falar e me pressionado a contar tudo, mas não tive coragem.
- Quanto tempo Jorge você tem me traído?

-     Conheci a Sofia logo depois da sua cirurgia, me perdoa, eu não tinha condições de te falar quando você já estava tão abalada e depois seus pais vieram e tudo se complicou mais. Eu não queria que você soubesse assim, me perdoa.
-     Sai daqui Jorge! Saia e não volte ! Não quero te ver nunca mais, seja feliz com quem quer que seja ok, vai !

Sem falar mais nada, diante do meu desequilíbrio e desespero, ele saiu com a cabeça baixa e se foi. Me restou um quarto de hospital, um vazio no peito quase palpável que chegava a doer. Chorei litros. Minha mãe voltou para o quarto, me abraçou sem me perguntar nada, me deu aconchego e amor quando eu mais precisava. Recai exausta com os braços da dona Rosana envolta de mim.

Na janela a noite caia sorrateira e as luzes dos faróis agitados passavam continuamente pelo teto iluminando o ambiente, eu não tinha forças naquele momento para reagir e nem para me deixar levar. Em momentos como este não dá para não me sentir mal, deixada, solitária e confusa, era muito para mim, muita mudança, muitos ataques da vida e do destino e nem os medicamentos antidepressivos que eu vinha usando poderiam segurar.

Não sei quanto tempo ficamos porque adormeci, ao acordar minha mãe já estava ao lado na cadeira e uma enfermeira estava trocando meu soro e arrumando meu acesso venoso. Dei um leve sorriso para ela de agradecimento e pedi o controle da TV, liguei no canal de viagem. Neste momento uma luz branca bem forte iluminou a janela, meu coração deu pulos e meus pelos se eriçaram, instantes estranhos, até a enfermeira pode notar e ela deixou o quarto com a expressão de surpresa estampada no rosto. A luz se foi instantes depois deixando um cheiro leve e gostoso de rosas no quarto, eu estava mais calma, no meu íntimo algo dizia que estava tudo bem. Na TV, que só agora pude observar, passava mais uma vez uma viagem pela Índia, mostrando a zona rural, costumes Hindus e templos, mais ao norte um grande templo busdista com monges carecas tocavam umas tigelas douradas que deixavam um som agudo e calmante.

Um dos monges da TV começou a ensinar sobre Dharma, um conjunto de leis, ou ensinamentos budista, na minha cabeça só passava meus Karmas. Eu não acreditava no destino, mas naquele momento se o aleatório existisse eu teria que me assumir como a mulher mais azarada do mundo todo. Não consegui mais dormir, minha cabeça estava a mil em meio aos problemas, lembrei da minha vida toda, da infância alegre e simples, dos sonhos, desde o câncer era a primeira vez que eu me remetia a estas fases boas com uma sensação de benção.

PARTE 2 - TASHI - KATMANDU NEPAL E ÍNDIA

VII

Naquele mesmo momento eram 10:45 em Katmandu, um ar quente seco e pesado cobria a cidade fervente e animada, o trânsito caótico como sempre enchia as cidades de barulho e energia. Eu andava suado empurrando meu carrinho repleto de plantas, empurrando e sendo empurrado por todos que passavam, afinal não há espaço para todos nem nas calçadas, nem na rua, distraído eu remoía minha vida até ali.

Eu, um menino órfão, largado na rua ainda muito novo sem saber absolutamente nada das minhas origens que, embora deva ser da pobreza das castas hindus inferiores, tinha a pele clara e os olhos esverdeados. Isso deve ter chamado atenção do nosso Mestre, o líder de um templo e mosteiro budista ao norte da cidade. Ele teve compaixão da criança suja e esfomeada beirando os 5 anos, já que ninguém sabe ao certo o dia do meu nascimento, e me levou para ser criado no mosteiro. Fui educado nos ensinamentos da prática budista, aprendi a ler e escrever, uma verdadeira benção no meu país, aprendi a trabalhar cedo e logo demonstrei aptidão para cultivar plantas e flores, especialmente aquelas utilizadas para os nossos tratamentos das mais variadas doenças. Estudei muito os medicamentos que poderíamos retirar da natureza uma vez que médico na nossa sociedade é coisa muito rara e escassa, assim prestamos assistência de saúde a toda comunidade. Aprendi a falar muitas línguas para assistir meus pacientes de diversas regiões do meu país, incluindo o inglês o que me colocava em posição de referência quando havia um estrangeiro na cidade.

Apesar da rigidez da vida no mosteiro, sempre me senti muito abençoado, no meu país milhares de crianças morrem de fome, são abandonadas nas ruas, vivem na criminalidade ou se tornam adultos magros e analfabetos. Eu tive oportunidades e estudei muito, trabalhei muito como forma de pagar tudo que recebi, não que me cobrassem, mas minha consciência não me permitia agir diferente disso.

Sai do meu devaneio quando comecei a subir as ladeiras que levavam ao templo, o peso era grande, minha túnica não ajudava e o suor descia e ardia no meu pescoço queimado pelo sol, nessas horas minha pele mais clara não ajudava em nada e eu já não tinha mais a jovialidade e força de outros tempos, beirava os 40 anos aproximadamente, pelo menos contando de quando fui tirado da rua. Subi bufando, parei em um córrego que descia a montanha, bebi água fresca e continuei fazendo a força até o topo onde se iniciam as escadarias de pedra que levam ao templo e dificultam ainda mais a subida com o carrinho. Após três paradas para tomar fôlego cheguei enfim, deixei meu carrinho recostado na entrada esquerda do jardim, fiz a devida referência ao Buda sentado na entrada do templo e segui ao salão comum onde naquele horário poderíamos nos alimentar pela primeira vez no dia com uma tigela de *dal bhat.*

Sentados no chão em silêncio agradecíamos fervorosamente o alimento e comíamos com grande respeito. Ao finalizar levantamos e lavamos as vasilhas utilizadas nas tinas de água e guardávamos para o uso na segunda e última refeição do dia. Aproveitava para tomar um pequeno gole de chá restaurador e seguir para meditação que devia durar cerca de uma hora. No mosteiro tínhamos silêncio, nunca solidão apesar de me sentir solitário eventualmente, estava sempre cheio de monges e no templo devotos e turistas, mas diferente da cidade tínhamos como nos conectar, refletir e estabelecer nosso propósito de sublimação do ego e do físico em busca da espiritualidade, do nirvana.

Escolhi um canto na área externa, cuja copa da árvore frondosa fazia uma sombra fresca. Cruzei minhas pernas, arrumei minha coluna, empunhei minha japamala de contas de rocha vulcânica da região, entoei um mantra e segui tentando me concentrar. Como já era recorrente, no momento de maior foco uma imagem me aparecia nítida, o rosto de uma mulher jovem, branca, com olhos muito azuis e cabelos avermelhados e ondulados, ela tinha o semblante triste e agoniado, pedia ajuda, mas como eu poderia ajudar alguém que eu nem sabia se realmente existia. Esses pensamentos perturbadores vinham tirando minha paz rotineira, perguntei sobre isso ao mestre e sua resposta foi para buscar a chave no meu coração, me orientou a não brigar com o pensamento, mas deixar que ele venha, flua e se vá, entretanto, eu ainda não conseguia e me via de olhos abertos e preocupados, quem seria essa mulher ? Entediado voltei a tentar esvaziar minha mente.

Após a meditação, não muito produtiva, me dirigi ao campo onde plantaria as novas mudas diversas entre elas uma especial, a ***Ageratum houstonianum,*** repleta de poderes antiinflamatórios e analgésicos, suas flores roxas encantavam meu jardim e serviam de remédio potente aos meus pacientes. Escolhi um espaço especial para o seu cultivo, com meia sombra, sol suficiente e sombra nos períodos mais quentes do dia, tirei o esterco novo de aves e um pouco da compostagem que eu mesmo fazia para o preparo da terra. Vou trabalhando e vendo muda por muda em seu lugar, com cheirinho de terra irrigada e nutrida. Em outro ponto dali fui molhar minhas raízes preferidas, gengibre, cúrcuma e outras que compartilhavam espaço com batatas e cenouras. Também tinha canteiros de hortelã, camomila, manjericão, sálvia e outras ervas essenciais para chás, unguentos e remédios.

Meu mundo girava em torno da meditação, trabalhos no templo, minhas plantas e meus pacientes. A noitinha tinha tempo para ler e estudar e como dormia pouco dava tempo de captar muitas informações todas as noites. Acordava junto com o nascer do sol e começava a atender uma fila de pessoas que se formava desde a madrugada, vindos de todas as áreas do país, budistas, hindus, todo tipo de gente e de todas as idades em busca de tratamentos diversos. Naquela tarde finalizei meus cuidados com a terra, fui fazer minha referência no templo após lavar minhas mãos e pés na tina. A seguir assumi um lugar na fila de monges com uma vasilha e uma caneca nas mãos esperando minha vez de receber alimento da noite, uma sopa de legumes quente, e chá. Mais uma vez seguimos o ritual de comer em silêncio. Após terminamos uma palavra do mestre e a leitura das escrituras de Buda e mais meditação e como sempre a invasão pelo rosto alvo muito feminino e de olhos muito azuis, tentei dissipar a imagem feito fumaça sem sucesso, então aquietei-me e deixei fluir seguindo os conselhos do mestre.

Após me recolher, lavar rostos, mãos e pés comecei a fazer meus apontamentos sobre as plantas e os tratamentos, fazia desenhos das folhas e flores, colocava detalhes e observações sobre o cultivo e efeito médico, me perdi no tempo nesta atividade até que o cansaço venceu e fui dormir o sono dos leves e justos.

VIII

Levantei-me com o sol, na janela do quarto, entre uma ripa de bambu e outra passava uma brisa fresca, alguns pássaros entoavam um canto distante que se misturava ao som das folhas balançando com o vento leve da montanha. Sai da cama ainda sonolento, lavei o rosto e dentes, troquei a roupa de dormir pela túnica branca e vermelha de sempre, juntei meu caderno de anotações e as folhas onde anotava as receitas, bebi água fria da tina de barro e segui até a fila de pacientes que já aguardavam na frente do mosteiro.

Outros monges já preparavam o local para o atendimento espalhando tapetes ao chão onde sentaríamos para ouvir as queixas e cuidar das feridas, também bacias com água limpa, unguentos, garrafas de ervas e chás, tecidos e retalhos para curativos. Assentei-me em posição de lótus em um tapete laranja simples com franjas de tecido cru nas pontas, arrumei meus material e um jovem monge aprendiz, Rauni, de uns 15 anos, veio me ajudar chamando os pacientes e organizando a fila, assim como outros também faziam em tapetes próximos. Não cobramos nada, mas os pacientes sempre traziam doações como arroz, tecidos de lã, pedras e rochas das montanhas que colocamos em cestos de vime espalhados pela área.

Apesar do vento fresco da montanha, fazia calor e alguns insetos se aproximavam de maneira inoportuna. Olhei para Rauni, entoamos um mantra juntos e depois chamamos a primeira paciente. Uma senhora da tribo Gurung, um povo das montanhas, com uma vida muito dura, eles buscam favos de mel em locais inóspitos e utilizam para tudo incluindo remédio, mesmo assim, segundo ela nada foi capaz de curar a ferida dela, um grande tumor que ocupava um dos seios e causava dor e mal cheiro. Perguntei em sua língua porque ela tinha esperado tanto e não tinha buscado um médico comum, mas ela disse que não tinha permissão do chefe da tribo para se mostrar a outros homens ou mesmo para médicos apenas poderia consultar religiosos. Casos como estes eram comuns e não tínhamos muito o que fazer, eu nem poderia olhar e examinar sem expor aquela velha senhora. Dei a ela folhas secas de alecrim, flores de calêndula e gengibre para inflamação e para dor, uma pomada de própolis e cúrcuma para o odor e secreção e expliquei muito que ela precisaria buscar a medicina tradicional e ela saiu com a expressão melhor e agradecida, o sofrimento desse povo realmente me tocava fundo.

O segundo paciente era um homem que aparentava uns 50 anos, mas com a pele muito enrugada pelos anos de trabalho árduo, a falta de dentes denunciava a pobreza e falta de cuidados básicos. Ele se queixava de dificuldade para respirar e uma dor no peito que aparecia sempre que ele caminhava pelas montanhas, também, percebia os tornozelos inchados e ouvia-se os roncos pulmonares mesmo a distância. Ficou evidente que o coração estava fraco demais e já não conseguia bombear o sangue como deveria, receitei chá verde diurético e uma mistura de dedaleira e lírio do Vale para fortalecer o coração mesmo assim meu coração estava apertado, ele não viveria muito mais, eu pressentia.

A fila ia diminuindo lentamente, éramos 6 monges chamado ininterruptamente os pacientes com pequenas pausas apenas para beber água ou aliviar-se. O sol já estava a pino quando chamei o terceiro paciente, vindo de longe e atravessando a cordilheira ele informou ser morador do Tibet na China e que a fama dos monges curadores já tinha atravessado o Himalaia. Segundo ele, já tinha consultado médicos tradicionais chineses, mas nada aliviava sua dor e desconforto e na tribo todos já tinham desistido e começado os rituais de despedida do seu corpo. Ele tinha uma grande tumoração na coxa, amolecido e com uma ferida no centro indicando que o crescimento tinha sido rápido, encontrava-se emagrecido e um pouco ofegante, estava acompanhado por dois homens da mesma tribo já que ele não andava mais sem apoio. Dei-lhe flores Ageratum expliquei como fazer a infusão, algumas sementes de papoula para chá, ensinei um mantra e contei um texto antigo que discorria sobre a necessidade de viver o tempo que temos e aceitar a passagem desta vida a outra com resignação e nobreza.

Cada caso me tocava profundamente, cada pessoa levava um pouco de mim, da minha energia e deixava um senso de amor e gratidão pela vida. Percebi, naquele calor da manhã, quantas bênçãos eu tinha e como a vida era rara e passageira, mesmo naquelas bandas onde a população se acotovela em espaços ínfimos. Um mosquito em especial me tirou do devaneio me lembrando de chamar o próximo, um grupo de indianos hindus com queixas diversas, açúcar alto no sangue, sangue na urina, feridas no ânus e genitália, todo tipo de coisa aparecia ali e íamos conversando, tratando e orientando. As horas passaram ligeiras, a fome apertava e arrumamos tudo para seguirmos a nossa primeira refeição do dia, nosso tradicional *dal bhat.*

Após a refeição e limpeza do local, segui em silêncio para minha meditação, escolhi a sombra de uma frondosa árvore rodeado de rhododendron floridos com cores rosa e violeta muito vivos, o som de algumas abelhas inundava o ambiente e pássaros do Himalaia cantavam ao longe e macacos podiam ser vistos se alimentando de pequenas frutas. Estiquei meu tapete artesanal que nós mesmos tecemos com cores alegres, vermelho, laranja e amarelo, sentei confortavelmente e entoei meu mantra, aos poucos senti meus pensamentos se acalmarem seguidos pela minha frequência cardíaca bem mais lenta. O tempo parou naqueles instantes até que a imagem da bonita mulher veio encher minha mente, um pouco diferente agora, eu podia ver ela correndo com um cãozinho, olhos claros desesperados e ansiosos, suor descendo sobre a fronte. Um sentimento imenso de amor e compaixão invadiu minha alma e me permiti sentir aquele calor novo que me ocupava e transportava a outro lugar, quem seria ela? Sem lutar, aproveitei cada momento daquele devaneio, o cheiro das flores tornava a experiência ainda mais doce e harmônica, assim como o som dos pássaros que alegres completavam o êxtase.

Não percebi quanto tempo permaneci assim e só me despertei quando ouvi o som do sino tibetano que convocava os monges para uma reunião no salão central do mosteiro com o mestre.

IX

Nosso mosteiro é cheio, mas silencioso e contrasta com o famoso templo em anexo. O templo Swayambhunath, ou templo dos macacos, é um local sagrado, visitado por pessoas de todo o Nepal, Indianos e turistas de todos os lugares. O templo tem mais de 2000 anos e uma história que remonta as lendas budistas. O salão do mosteiro fica bem ao lado desta estrutura ao leste e o barulho externo muitas vezes tem que ser abafado por tecidos no entorno da estrutura, ao fundo temos uma grande biblioteca com livros de diversas nacionalidades, temas e histórias. Eles são a fonte da sabedoria e mistério que cercam os monges desse lugar.

A reunião teve início com o som agudo do sino, três repetições seguidas, um silêncio interno ocupava o ambiente com cheiro de jasmim, almíscar e rosa dos incensos, olhos baixos e concentrados esperavam as primeiras palavras em sânscrito proferidas pelo mestre e um mantra. Após ele começou os informes com uma novidade, ele fará uma viagem importante a Índia onde se encontrará com o Venerado Dalai-Lama e outros líderes budistas, informou ainda que alguns monges precisariam acompanhá-lo e os nomes seriam anunciados. Um monge idoso se colocou-se ao lado do mestre lendo os cinco nomes que fariam a jornada:

- Kamal
- Shanti
- Narayan
- Gopal
- Tashi

Estremeci ao ouvir meu nome, Tashi ressoava no meus ouvidos, no mosteiro éramos chamados apenas com nome dado ao chegar de forma que não se repetisse e que todos pudessem ser identificados sem diferenças de origem, casta ou qualquer recordação social anterior. Meu nome significava boa sorte e eu torcia para ser mesmo um evento próspero para mim porque, desde que fui resgatado das ruas de Katmandu, eu nunca tinha ido a lugar nenhum, exceto por viagens imaginárias por livros e histórias. Fiquei imediatamente ansioso com a oportunidade e agradecido. Outras informações seriam dadas individualmente e deveríamos nos preparar para sair em três dias, ficaríamos fora cerca de trinta dias contando o tempo de viagem.

Pensei imediatamente nas minhas plantas, nas flores e horta, eu precisaria cuidar e transmitir toda informação a Rauni para que ele cuidasse de tudo como se fosse eu mesmo, também aproveitaria a noite para deixar instruções escritas de como preparar as medicações mais usadas. A reunião continuou com outras pautas me despertando do devaneio, alterações pequenas na rotina dos monges, atendimentos aos que nos procuravam, uma vez que o número de doentes que vinham buscar alento aumentava progressivamente com o passar dos anos e com a divulgação boca a boca que já alcançava locais mais distantes de países como Índia e China.

Finalizamos com a entoação de mantras e cânticos e o ressonar alto do sino indicando o fim do encontro. Levantamos com certa agitação, alguns cochichos e saímos do salão encontrando vários macacos no caminho que comiam as frutas que haviam sido deixadas como oferenda pelos visitantes do templo. Me dirigi rapidamente ao setor dos dormitórios buscando me aliviar no quarto de banho. O corredor estava cheio, muitos monges transitavam naquela hora, cada qual buscando alcançar sua atividade diária. Peguei minhas ferramentas, segui até os campos de horta e plantação, iniciei o trabalho com terra, que naquela tarde estava com cheiro especial da chuva leve à tarde, afofei e misturei os resíduos, retirei ervas daninhas e irriguei. Logo à frente outros dois monges colhiam verduras para a refeição e outros adiante reuniam flores e folhas para medicamentos.

Pouco conversávamos, a vida ali era bastante solitária, baseada no silêncio, meditação, estudo e atividades manuais. Como eu também não tinha a experiência de uma família estava bastante acostumado a este tipo de rotina e ao certo isolamento com meus pensamentos, imagine então como foi assustador para mim saber que eu sairia em viagem, iria para outras terras, conheceria pessoas. Eu estava apavorado, sem transparecer enquanto mantinha meu trabalho, mas com um verdadeiro turbilhão a ocupar minha mente e minha alma. Como eu lidaria com tudo isso?

O céu foi ficando alaranjado com o sol se esvaindo no horizonte, uma pequena minhoca se revirava na terra, o cheiro das flores ficava mais intenso à medida que a temperatura ficava mais amena e uma brisa do Himalaia rompia o silêncio me tirando do medo e do devaneio, era preciso ter coragem, me adaptar ao que estava por vir e utilizar estes três dias para me aprumar. Está na hora de me lavar e seguir ao grande refeitório, tirei a terra com palmadas dos joelhos e pernas e segui cumprindo a rotina.

Havia um burburinho atípico no salão que demonstrava que não apenas eu tinha ficado excitado com a notícia da saída do mosteiro. Ouvi alguns bochichos sobre os escolhidos, sobre a ocasião e até sobre onde iríamos, a cidade de Dharamshala onde vive o Dalai Lama, uma bela localidade no norte da Índia aos pés do Himalaia. Antes passaríamos por Nova Dheli e Jaipur. Entre buchichos e comida eu me vi prestando atenção em tudo ao meu redor com uma ansiedade e excitação que até então não tinha experimentado na minha vida de estudos e resiliência.

Durante o jantar, aproximei-me de Kamal, um dos monges mais velhos e experientes do mosteiro. Ele percebeu minha inquietação e sorriu serenamente.

— Tashi, eu vejo que você está ansioso com a viagem. — disse ele, com um olhar compreensivo.

— Sim, Kamal. Nunca estive fora do mosteiro, e a ideia de conhecer novos lugares e pessoas é um pouco assustadora para mim.

— É natural sentir-se assim. Lembro-me da minha primeira viagem. Eu também estava nervoso, mas cada passo fora do mosteiro trouxe novos aprendizados e experiências que enriqueceram minha jornada espiritual.

Narayan, que estava sentado próximo, ouviu nossa conversa e se juntou a nós.

— A viagem será desafiadora, mas também uma grande oportunidade, Tashi. Teremos a chance de aprender com mestres de diferentes tradições e de ver como o Dharma é praticado em outros lugares.

Shanti, sempre sereno, completou:

— E não se esqueça, estaremos juntos. Iremos nos apoiar uns aos outros durante essa jornada. Não estamos sozinhos.

Essas palavras trouxeram um pouco de conforto ao meu coração. Embora a ansiedade ainda estivesse presente, comecei a sentir uma excitação crescente pela aventura que se aproximava. Após o jantar o sono não vinha, olhei para o teto, meditei e quando consegui descansar um pouco aquela mesma misteriosa mulher ocupava minha mente e alma trazendo assombro e bem-estar.

Nos dias seguintes, preparei-me meticulosamente para a viagem. Ensinei Rauni a cuidar das plantas e da horta, deixando anotações detalhadas sobre cada tarefa. As noites foram dedicadas a meditações mais profundas, buscando acalmar minha mente e fortalecer meu espírito, reuni roupas e utensílios para levar, mas o que me acompanhava com maior fervor era a vontade de ver o mundo.

Finalmente, o dia da partida chegou. No alvorecer, nos reunimos no portão do mosteiro. O mestre abençoou nossa jornada com um breve ritual, e logo estávamos a caminho. À medida que nos afastamos do mosteiro, senti um misto de tristeza por deixar o lugar que eu chamava de lar e empolgação pelo desconhecido que nos aguardava. Iniciamos com uma caminhada longa e tortuosa até que chegamos ao centro de Kathmandu, ali um ônibus de viagem nos esperava para um longo trajeto.

A viagem foi longa e cheia de paisagens deslumbrantes. Atravessamos vales e montanhas, passamos por vilarejos pitorescos e cidades movimentadas. Cada parada era uma oportunidade de aprendizado e reflexão. Via pessoas de tipos e jeitos diferentes, animais como vacas, cabritos, pássaros. Tudo era novo, incrível e repleto de energia e vibração.

Certa noite, ao acampamos sob um céu estrelado, pois os motoristas precisavam descansar, Gopal começou a contar histórias sobre as terras que visitaríamos. Falou sobre a grandeza de Nova Delhi, os palácios de Jaipur e a tranquilidade de Dharamsala.

— Dharamsala é um lugar especial, Tashi. — disse ele. — O ar lá é diferente, parece carregado de paz, é puro e leve. O Dalai Lama é uma fonte de sabedoria incomparável. Esta viagem vai mudar nossas vidas e desejo que no retorno estejamos muito mais felizes, agradecidos e completos.

— Espero que sim, Gopal. — respondi, sentindo uma nova determinação crescer dentro de mim, enquanto admirava as inúmeras estrelas que brilhavam no céu.

A jornada estava apenas começando, e eu sabia que muitas lições e experiências me aguardavam. Com o apoio de meus companheiros e a orientação dos mestres, estava pronto para enfrentar qualquer desafio que surgisse no caminho. Ao mesmo tempo sentia falta da minha rotina, da meditação habitual, das minhas plantas e da mulher que se exibia nos meus pensamentos.

X

Após dias de viagem pelas paisagens montanhosas do Nepal e do norte da Índia, finalmente chegamos a Nova Delhi. A transição do silêncio e da tranquilidade das montanhas para o bulício e a energia frenética da cidade foi um choque para os sentidos. A cidade, com sua vastidão e movimento incessante, era um contraste gritante com o nosso mosteiro.

Nova Délhi é a capital da Índia, é uma cidade vibrante e dinâmica, conhecida por sua rica história, cultura diversificada e papel central na política e economia do país. A cidade é uma mistura fascinante de modernidade e tradição, com marcos históricos e arquitetura colonial convivendo lado a lado com infraestruturas modernas e arranha-céus.

As ruas estavam cheias de pessoas indo e vindo, cada uma ocupada com sua própria vida. O som das buzinas, os gritos dos vendedores ambulantes e o burburinho constante da multidão eram esmagadores. Nunca antes havia visto tantas pessoas juntas, todas movendo-se com uma pressa que eu não conseguia entender. As vestimentas me surpreendiam em particular, mulheres usavam Sari, outras roupas ocidentais, salwar kameez, que consiste em uma túnica longa (kameez) usada com calças largas (salwar) e um lenço (dupatta). Os homens vestiam todo tipo de roupa, ternos, jeans ou, ainda, uma combinação tradicional de kurta (uma túnica longa) com pajama (calça solta) ou uma calça normal. As cores eram muito vibrantes e tudo despertava minha admiração.

— Incrível como tudo é tão diferente aqui, não é? — comentou Shanti, maravilhada com a movimentação ao nosso redor.

— Sim, é um verdadeiro mar de humanidade. — concordou Kamal, observando atentamente a cena.

Paramos em um pequeno mercado para comprar provisões. Enquanto o mestre negociava com os vendedores, eu fiquei fascinado com a diversidade de pessoas e mercadorias. Havia frutas e especiarias que eu nunca tinha visto antes, roupas coloridas e adornos brilhantes. Senti um cheiro forte de comida sendo preparada em algum lugar próximo, e meu estômago roncou em resposta, muitos cheiros se misturavam e eu não conseguia distinguir em particular, canela, açafrão, pimenta do reino e muitos outros tornavam o momento ainda mais excitante.

— Tashi, venha cá. — chamou Narayan, puxando-me para mais perto de uma barraca de frutas.

— Experimente isto. Ele me entregou uma manga madura, suculenta e doce.

— Obrigado, Narayan. Respondi, deliciando-me com o sabor exótico.

Enquanto caminhávamos pelo mercado, um grupo de crianças nos cercou, curiosas sobre nossos mantos e aparência. Gopal sorriu para elas e começou a contar uma história, rapidamente conquistando a atenção de todos, não sei ao certo se elas entendiam pois riam e cochichavam em outras línguas.

— E então, o Buda disse... — ele começou, enquanto as crianças escutavam com os olhos arregalados.

A interação com as crianças trouxe um momento de leveza e alegria à nossa jornada. Foi uma pausa bem-vinda no ritmo frenético da cidade.

Depois de comprarmos o que precisávamos, seguimos para um templo local onde passaríamos a noite. O templo era um oásis de calma no meio da agitação de Nova Delhi. Os monges locais nos receberam calorosamente, oferecendo-nos um lugar para descansar e refeições simples, mas nutritivas e saborosas.

Naquela noite, reunidos no pátio do templo, refletimos sobre as experiências do dia.

— Esta cidade é um verdadeiro teste para nossa prática de mindfulness. — disse Shanti. — Com tanto barulho e movimento, é difícil manter a concentração, imagina meditar? Vi alguns Hindus sentados concentrados em adoração no meio de toda agitação.

— É verdade. — concordou Kamal. — Mas também é uma oportunidade de aprender a encontrar a paz interior em qualquer circunstância.

Gopal, sempre o contador de histórias, lembrou-nos de um ensinamento do Buda:

— "Em meio ao ruído e à pressa, lembre-se da paz que se encontra no silêncio do coração." Precisamos lembrar disso durante nossa viagem, para não nos perder em meio a tantas distrações.

O mestre, que havia permanecido em silêncio até então, finalmente falou:

— Amanhã continuaremos nossa viagem para Jaipur. Esta é apenas a primeira etapa de nossa jornada. Cada cidade, cada pessoa que encontramos, é uma oportunidade de aprendizado. Vamos descansar, em silêncio e nos preparar para os próximos dias.

Deitados em nossos colchões simples, eu refletia sobre as palavras do mestre. A viagem até agora havia sido desafiadora, mas também enriquecedora. Sentia-me mais preparado para o que estava por vir, mais aberto às experiências que nos aguardavam em Jaipur e, eventualmente, em Dharamsala.

Enquanto adormecia, ouvi o distante som das buzinas e da vida noturna de Nova Delhi. Em meu coração, comecei a encontrar uma pequena paz, uma tranquilidade que eu sabia que iria crescer à medida que nossa jornada continuasse. Estávamos a caminho de algo maior, algo que eu mal podia esperar para descobrir. Ao adormecer sonhei com aquele rosto conhecido, a mulher dos meus sonhos , cabelos de fogo e um olhar triste, um sentimento estranho me tomou, uma ansiedade em encontrá-la , salvá-la da dor e do sofrimento, era como se eu a conhecesse e a amasse há muitos, muitos anos, muitas vidas talvez. Seria possível eu me lembrar com tanta vivacidade de alguém que conheci em outra existência?

Na manhã seguinte, acordamos ao som dos sinos do templo e nos preparamos para partir. Os monges locais nos desejaram uma boa viagem e nos abençoaram antes de seguirmos nosso caminho, levamos alimentos e memórias. Subimos em um pequeno ônibus que nos levaria até Jaipur, um velho exemplar de Tata 407, com a pintura verde envelhecida e muitas áreas de ferrugem expostas.

Ao embarcar no ônibus em Nova Delhi rumo a Jaipur, senti uma mistura de excitação e apreensão. A jornada para encontrar o Dalai Lama em Dharamsala era, sem dúvida, uma das mais importantes da minha vida, mas as lições que estava aprendendo pelo caminho se mostravam igualmente significativas. Meus companheiros de viagem — Kamal, Shanti, Narayan e Gopal — compartilhavam esse sentimento, cada um imerso em seus próprios pensamentos enquanto o ônibus avançava pela estrada.

Nos afastamos lentamente de Nova Delhi, eu olhei para trás e vi a cidade desaparecendo no horizonte, sabendo que aquela experiência já havia começado a me transformar, sempre fui pensativo, mas eu estava introspectivo ainda, com a intuição aflorada e uma energia incomum.

Chegamos a Jaipur ao entardecer. As construções antigas, com suas fachadas elaboradas e arquitetura magnífica, capturaram imediatamente minha atenção. O Palácio dos Ventos, com suas inúmeras janelas e detalhes intrincados, parecia um conto de fadas esculpido em pedra. No entanto, ao desviar o olhar, fui confrontado pela dura realidade das ruas. Crianças brincavam descalças na poeira, e mendigos estendiam as mãos em busca de esmolas. O contraste entre a opulência dos palácios e a pobreza nas ruas era chocante.

- Como podem coexistir duas realidades tão distintas no mesmo lugar? murmurei para mim mesmo, enquanto caminhava ao lado de Kamal.

Kamal, sempre sereno, respondeu com um sorriso.

- A dualidade é uma parte intrínseca da nossa existência. Buda nos ensinou que o sofrimento e a alegria são duas faces da mesma moeda, a vida é como um pêndulo que tende ao equilíbrio, mas não para oscilando constantemente entre os polos. Apenas ao aceitar ambos, podemos encontrar a verdadeira paz.

Enquanto caminhávamos pelas ruas de Jaipur, a inquietação dentro de mim crescia. As imagens da mulher misteriosa de meus sonhos voltavam à minha mente com frequência. Ela era ruiva, de olhos tristes, e sua presença nos meus sonhos era constante e enigmática, eu a procurava em cada olhar, em cada Sari, nas belas mulheres indianas, mas elas eram tão diferentes, morenas como mel, cabelos negros e brilhantes... ela não estava ali.

Em uma das noites em Jaipur, decidi compartilhar meus sonhos com Shanti, o mais sábio do grupo. "Shanti, eu continuo vendo essa mulher em meus sonhos. Ela está sempre triste e solitária. Sinto que ela está tentando me dizer algo, mas não consigo entender o quê."

Shanti ouviu atentamente antes de responder:

- Os sonhos são janelas para o nosso subconsciente, Tashi. Talvez essa mulher represente algo dentro de você que precisa de atenção. Pode ser uma dor antiga, um arrependimento ou mesmo uma parte de sua alma que ainda não encontrou paz.

Refleti sobre essas palavras enquanto observava o movimento frenético das ruas de Jaipur. Vi uma criança sorrindo enquanto brincava com um pedaço de pano, e um vendedor de frutas rindo com seus clientes. Mesmo em meio à pobreza, havia momentos de pura alegria e conexão humana.

"Talvez a verdadeira riqueza não esteja nos palácios ou nas posses materiais, mas na capacidade de encontrar alegria e paz em qualquer circunstância," pensei.

Esses pensamentos me levaram a uma profunda introspecção. Comecei a ver aquele momento não apenas como uma viagem física, mas como um caminho para a iluminação espiritual ou para o encontro meu destino, eu não sabia ao certo. Cada encontro, cada contraste que via, era uma lição que me aproximava mais dos ensinamentos de Buda.

Enquanto caminhávamos pelas ruas de Jaipur, me senti compelido a compartilhar outra reflexão com meu grupo.

- Sinto que estamos aprendendo tanto com essas experiências quanto aprenderemos com o próprio Dalai Lama. Disse. - A vida aqui é um espelho de nossas próprias dualidades e lutas internas.

Narayan, sempre o mais filosófico de nós, concordou:

- Sim, Tashi. A jornada externa é um reflexo da nossa jornada interna. Buda nos ensinou que a iluminação vem de dentro. Precisamos observar e aprender com o mundo ao nosso redor para encontrar a paz dentro de nós mesmos. Entender a real responsabilidade pelos que vivemos, pensamos e construímos é o propósito final dos nossos estudos.

Nos hospedamos, mais uma vez, com monges em um pequeno templo no centro da cidade. O prédio, apesar de antigo, era aconchegante e cheirava a incenso constantemente. Os monges eram alegres e amigáveis, nos ofereceram leitos para descansar, alimento para o corpo e para alma. Lá podemos ver e participar de ações de acolhimento aos menos afortunados, com sopas e pão à noite e aulas para as crianças de castas inferiores. Acabei fazendo amizades muito interessantes, em especial com um monge chamado Ananda, uma figura muito falante responsável por orientar as crianças no caminho de Buda com histórias e atividades mais diversas.

A cada dia que passava em Jaipur, me sentia mais transformado, já estávamos a três dias ali e sabia que precisaríamos seguir em frente, me despedir de Ananda e de tudo que aprendi neste intenso lugar de contrastes. A imagem da mulher misteriosa ainda me acompanhava, mas agora eu estava determinado a descobrir seu significado. Talvez ela fosse uma metáfora para minha própria busca por paz e compreensão.

Ao deixarmos Jaipur, meu coração estava mais leve e minha mente mais clara. Eu sabia que cada passo nos aproximava do Dalai Lama, mas também de uma compreensão mais profunda de nós mesmos e do mundo ao nosso redor. A jornada continuava, e com ela, as lições de Buda se tornavam cada vez mais claras.

Um novo ônibus nos levaria agora ao destino final, com uma expectativa de dois dias de viagem devido a paradas na estrada, os próximos 600 e poucos quilômetros seriam de reflexões e orações, até porque não teríamos outra alternativa, outra distração, exceto conversas, paisagens e muita meditação. Eu estava me descobrindo de uma maneira extraordinária, mas novas e latentes perguntas surgiam a cada passo me deixados sem ar.

XI

Ao desembarcar do ônibus em Dharamsala, uma onda de tranquilidade imediatamente me envolveu. O ar era fresco e puro, uma brisa suave carregava o aroma das árvores de pinho e cedro que cercavam a área. A paisagem montanhosa, com picos majestosos se erguendo ao fundo, parecia uma pintura viva, uma verdadeira obra de arte da natureza.

Enquanto caminhávamos pelas ruas, eu me sentia extasiado com cada detalhe daquele lugar mágico. As casas eram simples, mas encantadoras, construídas com madeira e pedra, muitas delas com varandas adornadas com flores coloridas. Cada construção parecia harmoniosamente integrada ao ambiente natural, respeitando a beleza serena da paisagem.

A população local movia-se com uma calma contagiante. Homens e mulheres, vestidos com roupas tradicionais, seguiam suas rotinas diárias com uma serenidade que eu raramente havia visto. Os sorrisos nos rostos das pessoas refletiam uma paz interior que ressoava profundamente em mim. Crianças brincavam alegremente pelas ruas, suas risadas eram como música para meus ouvidos, um lembrete de que a felicidade genuína pode ser encontrada nas coisas mais simples.

As cores de Dharamsala eram vibrantes e vivas. As bandeiras de orações tibetanas, penduradas em cordas que cruzavam as ruas, dançavam ao vento, trazendo uma sensação de devoção e espiritualidade. Cada bandeira, com suas inscrições sagradas, parecia abençoar o ambiente ao seu redor. As fachadas das casas e lojas eram pintadas em tons de azul, vermelho, amarelo e verde, criando um mosaico de cores.

As árvores, altas e imponentes, formavam uma espécie de catedral natural, com seus galhos entrelaçados criando um dossel verde acima de nossas cabeças. Pássaros de plumagem variada saltitavam entre as folhas, enchendo o ar com seus cânticos melodiosos. Era como se a natureza aqui estivesse em perfeita harmonia com os habitantes, ambos vivendo em um ritmo de paz e respeito mútuo. Era baixa temporada e não se via tanto o corre corre comum de turistas.

Finalmente, avistamos o templo onde iríamos nos hospedar. Era uma construção imponente, mas ao mesmo tempo acolhedora, com telhados curvados e intricados detalhes arquitetônicos que pareciam contar histórias antigas. As paredes eram adornadas com murais coloridos, representando cenas da vida de Buda e outras figuras sagradas, apesar da estrutura ser bastante antiga era possível observar alguns confortos modernos como água encanada e luz elétrica, um luxo em muitos locais como aquele.

Os monges que nos receberam eram gentis e hospitaleiros, seus rostos irradiando uma calma que só poderia ser fruto de uma vida dedicada à meditação e aos ensinamentos de Buda, alguns nada diziam provavelmente devido a um voto de silêncio, outros se mostravam tagarelas e animados a nossa visita. O interior do templo era igualmente deslumbrante, com estátuas douradas de Buda e altares decorados com oferendas de flores e frutas. O aroma suave do incenso preenchia o ar, criando uma atmosfera de contemplação única e muito reconfortante para nossos corpos cansados da longa viagem. Era o fim da tarde e nossos estômagos reclamavam de fome, então observamos ansiosos os monges que traziam tigelas e nos ofereciam naan e arroz muito amarelo e repleto de condimentos e cheiros, agradecemos e comemos com concentração, nossa eu poderia afirmar que aquele era o melhor momento da minha vida até agora.

Enquanto nos instalávamos, não pude deixar de sentir uma profunda gratidão por estar ali. Cada aspecto de Dharamsala, desde suas paisagens naturais até suas construções e habitantes, parecia estar em perfeita sintonia com os princípios budistas de paz, harmonia e compaixão. Este lugar não era apenas um destino em nossa jornada; era um santuário de sabedoria e transformação espiritual e eu me senti logo em casa como se fizesse parte do meu destino desde sempre.

Olhei para meus companheiros — Kamal, Shanti, Narayan e Gopal — e percebi que eles também estavam tocados pela serenidade do local. Havia um entendimento silencioso entre nós de que esta experiência nos mudaria para sempre. Estávamos no limiar de algo profundo e transformador, felizes, animados e muito muito cansados…. Fomos dormir para no dia seguinte vivenciar tudo que fosse possível.

PARTE 3 – ANA MARIA- ÍNDIA

XII

A decisão de abandonar tudo foi impulsiva, mas necessária. As notícias recentes haviam me devastado, a traição, a doença. O médico disse que o tratamento não estava surtindo efeito logo antes da minha alta do hospital. O melanoma havia se metastizado para o fígado e as opções não eram encorajadoras. As palavras do oncologista ressoavam na minha mente como um sino de condenação: "O tratamento não está funcionando, Ana Maria. Precisamos discutir outras alternativas." Ouvi o ressoar das palavras mais temidas Cuidados Paliativos.

Como se isso não fosse suficiente, a descoberta de que o homem em quem eu confiava, meu namorado, estava me traindo. Vi as mensagens em seu celular por acaso. Palavras doces e promessas de amor destinadas a outra mulher. Foi a gota d'água. A dor física do câncer parecia pequena em comparação com a dor emocional que eu sentia, uma enorme sensação de abandono dos vivos e de Deus. Eu me culpava por estar morrendo e ainda assim pensar em tirar minha própria vida. Era um imenso paradoxo entre viver ou se entregar e estou certa de qualquer um que observasse minha tragédia atual iria no mínimo me perdoar ou quem sabe me dar um Oscar de melhor drama de todos os tempos.

Naquela noite, no quarto de hospital, me afundei no sofá e liguei a TV, buscando distração. Foi então que vi um programa sobre um ashram em Agra, na Índia. O apresentador falava sobre transformação pessoal, cura espiritual e redescoberta de si mesmo. As imagens mostravam um lugar sereno, repleto de cores vibrantes e pessoas em busca de paz interior. Algo dentro de mim despertou, uma chama, um caminho, um motivo.

Fechei os olhos e respirei fundo. Eu precisava de uma mudança, de um novo começo. Parecia insano, deixar o tratamento em meio a uma doença tão grave, mas eu sentia que essa viagem poderia me dar a força que eu tanto precisava.

Conversei com minha mãe, Rosana, no dia seguinte. Ela sempre foi minha rocha, meu suporte inabalável. Quando contei a ela sobre minha decisão, seus olhos se encheram de lágrimas, mas ela não tentou me impedir.

- Filha, eu entendo sua dor e sua necessidade de encontrar um propósito, algo que vá além do sofrimento. Se você acredita que essa viagem pode te ajudar, então vá. Só peço que se cuide e me mantenha informada. Ela disse, segurando minhas mãos com força.
- Obrigada, mãe. Eu preciso disso. Preciso me redescobrir, encontrar um sentido, uma razão para continuar lutando. Respondi, sentindo uma mistura de alívio e medo.

Na semana seguinte, arrumei minhas malas com morfina e esperança e comprei a passagem para a Índia. Desembarquei em Nova Delhi, ainda atordoada com a decisão que havia tomado. O caos da cidade era esmagador, mas também revitalizante. Cada rosto, cada rua, cada som parecia gritar vida e possibilidades.

De Nova Delhi, peguei um trem para Agra. Enquanto o trem cortava a paisagem rural da Índia, senti uma esperança crescente. As cores, os cheiros, as pessoas – tudo era diferente, novo, vibrante.

Chegando ao ashram, fui recebida com um calor humano que há muito tempo não sentia. O lugar era simples, mas repleto de energia positiva. Flores adornavam os altares, e o cheiro de incenso preenchia o ar. As pessoas que conheci ali tinham histórias de dor e superação que ressoavam com a minha própria experiência.

Nas primeiras noites, chorei muito. Chorei pela traição, pela doença, pelo medo da morte, da dor e do desconhecido. Mas, aos poucos, comecei a sentir algo mudar dentro de mim. As meditações matinais, as aulas de yoga e as palestras sobre espiritualidade começaram a ter um efeito profundo, fui entrando naquele clima e deixando para trás os traumas.

Um dos mestres do ashram, um homem de olhar penetrante e sorriso sereno, me disse algo que nunca esquecerei: - A cura verdadeira começa na alma, Ana Maria. Seu corpo pode estar sofrendo, mas sua alma é eterna. Encontre paz dentro de você, e o resto seguirá.

Essas palavras se tornaram meu mantra, a esperança vivida de uma oportunidade em outro plano, de continuar sendo eu apesar tudo, vida após a morte passou a fazer sentindo na minha cabeça tão científica e incrédula, não seria o fim eu sentia no fundo do meu coração e precisava lutar para chegar lá melhor do que estava agora. Comecei a me concentrar na minha própria cura espiritual, buscando respostas dentro de mim mesma.

Minha jornada estava apenas começando, mas pela primeira vez em muito tempo, sentia uma chama de esperança. Estava determinada a lutar não só contra o câncer, mas também contra a dor emocional que me consumia. E ali, no coração da Índia, comecei a redescobrir a força que sempre esteve dentro de mim.

Os dias no ashram passaram a ter um ritmo próprio, incrível, muito diferente da vida agitada que eu conhecia no Brasil. Acordávamos ao som suave de um sino às cinco da manhã, sem sono ou cansaço. Era um chamado para a meditação matinal. Ainda meio sonolenta, me juntava aos outros na sala de meditação, onde nos sentávamos em silêncio, cruzando as pernas em posição de lótus. No início, minha mente vagava, inquieta, mas com o tempo, aprendi a acalmar meus pensamentos e a encontrar um momento de paz interior.

Após a meditação, tomamos um chá de ervas, preparado com folhas frescas colhidas do jardim do ashram. O sabor era delicado, uma mistura de hortelã e gengibre, que aquecia o corpo e a alma. Sentia como se cada gole fosse um elixir de tranquilidade.

Às sete, nos reunimos para a primeira sessão de yoga do dia. O mestre, com sua voz calma e encorajadora, nos guiava através de posturas que, inicialmente, eu achava difíceis. Mas, aos poucos, meu corpo começou a responder, tornando-se mais flexível e forte. As dores físicas da minha condição pareciam diminuir, substituídas por uma sensação de bem-estar e vitalidade, doses cada vez menores de morfina eram necessárias me surpreendendo muito.

As refeições eram simples e leves, mas incrivelmente nutritivas. O café da manhã geralmente consistia em frutas frescas, iogurte e granola caseira. O almoço e o jantar eram refeições vegetarianas, preparadas com ingredientes locais. Dal, arroz integral, vegetais cozidos com especiarias suaves e chapatis frescos. A comida era preparada com tanto amor e atenção que cada refeição parecia uma celebração da vida.

Durante a tarde, tínhamos tempo livre para refletir, ler ou caminhar pelos jardins. Eu costumava sentar-me sob uma grande árvore de neem, onde lia sobre filosofia budista e refletia sobre minha própria jornada. Às vezes, quando o calor escaldante da Índia permitia, eu caminhava pelo ashram, observando as flores e ouvindo o canto dos pássaros. A natureza ao meu redor se tornava um reflexo da paz que eu estava começando a encontrar dentro de mim.

As aulas de tarde variavam entre palestras sobre espiritualidade, sessões de canto de mantras e discussões em grupo sobre nossas experiências e emoções. Essas discussões foram especialmente transformadoras para mim. Ouvir as histórias dos outros, compartilhar minhas próprias dores e ouvir palavras de apoio e sabedoria foi uma parte fundamental do meu processo de cura, apesar do meu inglês fraco inicialmente, aquela vivência tinha me permitido aperfeiçoar bastante e talvez até falar com certo sotaque indiano muito charmoso . Aprendi que não estava sozinha, que todos carregamos nossas batalhas e que há força em compartilhar e se apoiar mutuamente.

As noites eram tranquilas. Jantávamos ao pôr do sol e, depois, nos reunimos para uma última sessão de meditação antes de dormir. O silêncio da noite, quebrado apenas pelo som distante de uma corrente de água e o ocasional canto de um pássaro noturno, era profundamente reconfortante.

Em um desses momentos de reflexão, percebi o quanto a vida simples no ashram estava me ensinando. Cada dia era uma lição de humildade e gratidão. Aprendi a valorizar as pequenas coisas – o sabor de uma fruta fresca, a sensação de alongar meus músculos na yoga, a paz de um momento de silêncio. Mais do que isso, aprendi a ouvir meu próprio corpo e minha mente, a entender minhas necessidades e a cuidar de mim mesma de uma maneira que nunca havia feito antes.

A rotina no ashram não apenas me deu uma nova perspectiva de vida, mas também me ensinou a importância de viver no presente. O câncer, a traição, todos os meus sofrimentos pareciam menos pesados sob a luz dessa nova compreensão, eu não sentia dor, falta de ar, apenas um pouco de dificuldade para me alimentar, fato que me ajudou a perder alguns bons 6 kilos nos últimos dias e aumentar minha flexibilidade.

XIII

A vida no ashram tomou um novo rumo quando ele chegou. Um inglês alto, extremamente educado e polido, com a postura e o comportamento de um verdadeiro lorde. Ele se apresentou como Richard. A presença dele era magnética, e logo no primeiro dia, durante uma aula de meditação, ele se destacou não só pela aparência distinta, mas pela profundidade de suas reflexões.

Eu o encontrei pela primeira vez em um dos jardins do ashram, onde ele estava lendo um livro grosso, antigo e gasto, imagine o charme da cena. Ele me cumprimentou com um sorriso gentil e um leve aceno de cabeça.

- Boa tarde. Eu sou Richard, disse ele em um inglês formal, com uma voz calma e profunda. - Você também está aqui em busca de algo?

- Sim, estou, respondi desajeitada às custas do meu inglês desajustado, sentindo uma curiosidade imediata sobre sua história. - Sou Ana Maria. Estou tentando encontrar paz e talvez um pouco de cura para minha alma já que o corpo tem pouca salvação, eu acho.

Conversamos por horas naquele dia, e muitos outros se seguiram. Richard me contou como havia perdido a esposa recentemente em um acidente de carro. Não tinham filhos, e a dor da perda o havia levado à beira do suicídio. Ele encontrou um fio de esperança ao decidir buscar um lugar de paz e reflexão, e assim acabou no ashram.

- Os ensinamentos hindus têm me ajudado a ver a vida de uma maneira diferente, disse ele uma noite, enquanto caminhávamos pelo jardim iluminado pela lua. - Eles nos ensinam que o sofrimento é parte da existência, mas que podemos encontrar paz interior ao aceitar essa verdade e nos desapegar das nossas dores, estive imerso também em leituras e templos budistas que seguem a mesma linha na busca por sabedoria a partir da responsabilidade e reação às adversidades da vida.

Eu sentia uma compaixão profunda por ele, misturada com algo mais. Havia uma conexão entre nós que era difícil de ignorar. Ele falava sobre processos de cura física que aconteciam em lugares como Dharamsala e como poderiam ser benéficos para mim.

- Há um lugar em Dharamsala, ele disse uma tarde, enquanto tomávamos chá de ervas, eles combinam tratamentos tradicionais com práticas espirituais para ajudar na cura física. Talvez você devesse considerar uma visita. Estive lá antes, recebi conforto para minha alma, mas talvez a sua cura física esteja próxima e vale a pena tentar. Me ensinaram lá sobre o poder dos nossos pensamentos na geração de enfermidades e na melhora dos mesmo, não que você tenha criado sua doença com sua mente, mas o que pensamos constante, vivenciamos, memorizamos e internalizamos tem efeito direto com nosso corpo permitindo mais ou menos anormalidades no seu funcionamento.

Sua presença e suas palavras começaram a ter um efeito transformador em mim. Ele não era apenas um amigo, mas alguém que parecia entender minhas dores mais profundas. E não pude deixar de sentir um certo interesse amoroso e até mesmo sexual por ele, algo que eu não esperava encontrar nesse momento da minha vida. Cada olhar dele me penetrava profundamente levando a um certo arrepio, eu me continha tímida, é claro, e, apesar do meu velado entusiasmo, ele não demonstrava nenhum interesse em mim, era extremamente recatado nas suas colocações e até mesmo distante. Seria apenas por sua origem ? Afinal os ingleses são mais reservados, ou não havia mesmo interesse? Ana, me repreeendi, o homem perdeu a esposa e está ali se curando do luto e você com pensamentos libertinos? Que culpa eu tenho , estou à beira da morte e fui rejeitada e trocada, me consolei.

Nossa amizade floresceu de maneira natural e profunda. Compartilhávamos histórias, esperanças e medos, e havia uma confiança mútua que se construía a cada conversa. Uma noite, enquanto estávamos sentados à beira de um pequeno lago dentro do ashram, eu compartilhei com ele minha luta contra o câncer e a recente descoberta da traição de meu namorado, ele já sabia que eu tinha uma grave doença, mas até aquele momento os detalhes mórbidos foram mantido em segredo. Senti um alívio incrível ao desabafar e contar minha dor com suas nuances, sem aquele habitual tom de vítima do destino, mas apenas relatando e me mostrando intimamente.

Richard me olhou com uma ternura que fez meu coração acelerar:

- Ana Maria, você é uma mulher incrivelmente forte. Eu admiro sua coragem em enfrentar tudo isso e ainda buscar uma maneira de se curar espiritualmente.

Sua mão tocou a minha, e senti uma corrente de energia entre nós, um arrepio e um friozinho na barriga.

- Obrigado, Richard. Você também é uma pessoa extraordinária. Sua história me tocou profundamente.

Os dias se transformaram em semanas... Havia momentos de silêncio compartilhado que eram tão poderosos quanto as palavras. Comecei a perceber que, apesar de toda a dor, estava começando a me abrir novamente para a possibilidade de amor e conexão humana.

Uma noite, enquanto observamos o pôr do sol juntos, separados apenas por um palmo de concreto, ele falou suavemente.

- Sabe, Ana Maria, às vezes acho que encontramos pessoas em nossas vidas que nos ajudam a nos curar de maneiras que não imaginávamos. Talvez, de alguma forma, estejamos aqui para ajudar um ao outro, você abriu portas nos sentimentos, me sinto energizado, capaz de continuar. Tenho profundo amor pela minha esposa, mas talvez consiga agora continuar minha caminhada e decidi seguir em frente e ir para Tailândia conhecer as praias e templos de lá. Quer ir comigo? Sua companhia seria muito reconfortante. Ele disse com certo brilho no olhar.

Olhei para ele, sentindo uma mistura de gratidão e algo mais profundo.

- Acho que você está certo, Richard. Encontrar você aqui tem sido uma das maiores bênçãos dessa jornada. Entretanto, agora sinto que é necessário retornar a minha cura, o câncer está me consumindo aos poucos, posso sentir, meu tempo se esgota é preciso ter tentado viver. Não quero deixar este mundo sentindo que fugi das minhas batalhas e algo tem me pertubado a respeito do que me contou sobre Dharamsala. Quero ir até lá, sinto que este é o caminho e gostaria que você fosse comigo. Então? O que me diz?

Ele pensou por alguns minutos, deixou seu olhar se perder no horizonte, deixou de segurar minhas mãos e respondeu-me:

- Desculpe Ana, pode parecer insensível da minha parte, mas meu caminho não está em retornar pelo que já percorri e voltar lá poderia abrir a ferida já cicatrizada. Acredito que este seja, talvez, seu destino, mas não o meu. Nada é por acaso Ana, estou feliz em ter te conhecido, sinto-me grato por nossas conversas e sintonia, mas não sei agora se nosso caminho que um só.

Mais uma vez a vida me lembrava da minha jornada solitária, até quando eu precisaria ser eu comigo mesma? O que eu precisaria encontrar? Eu senti um misto de emoções, medo, solidão, um pouco de ansiedade e até um pouco de inveja dos personagens dos filmes que viviam constantes finais felizes, os meus roteiros estavam mais para tragédia ou tragicomédia, não sei ao certo, mas se tem algo que realmente aprendi nestes dias é que se deu certo é porque ainda não estamos no final e muita tem história para acrescentar à minha novela pessoal de vida.

Resolvi, então ir até a cidade, telefonar para minha mãe , conversar com os meus e informar minhas novas decisões, mais de um mês desde minha chegada havia se passado e um passo além deveria ser dado, estava na hora. Medidas práticas necessitavam de atenção como a venda do meu apartamento, envio de dinheiro, pagamento de contas que ficaram para trás e meus pais estavam me ajudante inteiramente com tudo isso.

XIV

A decisão de seguir caminhos diferentes não foi fácil, mas sabíamos que nossos destinos, embora cruzados por um breve e significativo momento, precisavam continuar em direções distintas. Richard e eu passamos nossas últimas semanas no ashram refletindo sobre nossas escolhas e nos preparando para os próximos passos.

Uma manhã, enquanto compartilhávamos nosso chá de ervas habitual, Richard virou-se para mim com um olhar determinado, mas sereno.

- Ana, eu decidi ir para a Tailândia já nos próximos dias. Há um monastério lá que oferece um retiro intensivo de meditação. Sinto que é o próximo passo que preciso dar para minha renovação espiritual. Além disso tenho um roteiro pronto de locais que desejo visitar.

Respirei fundo, sentindo uma mistura de tristeza e aceitação.

- Entendo, Richard. Eu também tomei uma decisão. Vou para Dharamsala. Quero explorar os tratamentos de cura que você mencionou e continuar minha busca por paz e recuperação.

Ele segurou minha mão com firmeza:

- Nossos caminhos se separam, mas acredito que tudo o que aprendemos juntos nos fortalecerá. Desejo que você encontre a cura que busca.

Os preparativos para a viagem não foram muitos. Ambos tínhamos aprendido a viver com pouco e a valorizar a simplicidade. Embalei minhas roupas e alguns pertences em uma mochila, juntamente com os livros e cadernos onde anotei reflexões e ensinamentos dos mestres do ashram. Richard fez o mesmo, e logo estávamos prontos para nos despedir.

O dia da despedida chegou rápido. Fui até o jardim onde tantas vezes havia meditado e refletido. Aquele espaço havia se tornado um santuário para mim, um lugar onde eu redescobri partes de mim mesma que pensei ter perdido para sempre.

Os amigos que fiz no ashram estavam lá para se despedir. Santhi, com sua sabedoria calma e sorriso gentil, me abraçou apertado: - Você tem uma força incrível, Ana Maria. Não se esqueça disso. Estaremos sempre conectadas, não importa a distância.

Aruna, Anisha e Mahara que me auxiliaram naqueles dias também se despediram com palavras de encorajamento e carinho. Cada um deles tinha se tornado uma parte essencial do meu processo de redescoberta espiritual, e me sentia imensamente grata por suas presenças em minha vida.

Richard e eu trocamos um último abraço, apertado e intenso. Pude sentir seu cheiro doce, sua pele, seu calor sorrateiro e convidativo e precisei me esforçar para não chorar.

- Obrigado por tudo, Richard. Sua amizade significou o mundo para mim.
- E para mim, Ana Maria. Cuide-se e nunca pare de buscar a luz que há em você, ele disse, com olhos brilhando de emoção.

Com um último olhar para o ashram, embarquei no táxi que me levaria à estação de trem. O caminho até Dharamsala era longo, mas eu estava determinada. Deixar Agra tinha um forte significado e eu poderia fazer isso sem antes visitar o templo maior de amor e morte presentes naquela cidade, o Taj Mahal. Pedi ao taxista que me levasse até lá, afinal eu tinha uma profunda conexão com a história daquele lugar.

O Taj Mahal foi encomendado em 1632 pelo imperador Mughal Shah Jahan em memória de sua esposa favorita, Mumtaz Mahal, que faleceu ao dar à luz seu 14º filho. Devastado pela perda, Shah Jahan decidiu construir um monumento que fosse tão belo quanto o amor que ele sentia por ela. A construção levou aproximadamente 22 anos para ser concluída em 1653 e tornou-se rapidamente um símbolo de poder e beleza, bem como um testemunho da sofisticação da arquitetura Mughal. Apesar de toda beleza o que mais me impressionou foi o contraste evidente entre a riqueza e exuberância interna aos seus portões com a pobreza dos pedintes, velhos, crianças e aleijados que ocupam o lado de fora ansiosos pelas migalhas dos turistas que enchem o local.

Andei pelos jardins, adentrei o interior do prédio, tirei fotos, me infiltrei entre a multidão que percorria seus corredores, vi esquilos que brincavam felizes ignorando o calor escaldante indiano e após algumas horas retornei ao táxi e segui em frente até a estação de trem, onde mais uma vez me apertei entre tantas outras pessoas e embarquei rumo a um novo destino.

A viagem até Dharamsala foi uma jornada em si. Enquanto o trem cruzava paisagens montanhosas e vilarejos pitorescos, senti uma mistura de ansiedade e esperança. O que me esperava lá? Seriam os tratamentos eficazes? Eu estava pronta para descobrir.

O trem partiu de Agra, e logo a paisagem começou a mudar. À medida que avançávamos, os cenários urbanos deram lugar a vastas extensões de campos verdes e vilarejos pitorescos. As casas de tijolos e telhados de barro, com suas crianças brincando nos quintais e mulheres trabalhando nos campos, me lembravam de como a vida simples podia ser bela e significativa.

Cada estação em que parávamos era um vislumbre de uma nova faceta da Índia. A agitação das estações, com vendedores ambulantes oferecendo chá masala e samosas, misturava-se com os cheiros exóticos de especiarias e incenso. Sentada ao lado da janela, observava tudo com um sentimento de admiração e melancolia. As vidas que eu via através do vidro eram um contraste gritante com minha própria luta interna, havia vida, energia lá, tudo era vibrante.

Conforme o trem subia pelas montanhas, a paisagem tornava-se cada vez mais deslumbrante. As colinas verdes se estendiam até onde a vista alcançava, pontilhadas por florestas densas e rios serpenteantes. Pequenos templos e bandeiras de oração tibetanas apareciam ocasionalmente, anunciando a proximidade de Dharamsala.

No entanto, essa beleza natural também trazia à tona sentimentos conflitantes. Por um lado, eu me sentia extasiada pela grandiosidade e serenidade das montanhas. Por outro, a realidade de minha condição médica e o medo do desconhecido me assombravam. Perguntas incessantes invadiam minha mente: "Será que os tratamentos em Dharamsala realmente funcionarão? Estou fazendo a escolha certa ao deixar o tratamento convencional? E se tudo isso for em vão?"

A cada curva do trilho, esses pensamentos se entrelaçavam com momentos de esperança. Lembrei-me das palavras de Richard sobre encontrar cura e renovação espiritual. Ele acreditava em mim, e eu precisava acreditar também. O apoio dele, mesmo à distância, era uma âncora que me mantinha firme e todo aprendizado que tive sobre o pensamento e sua importância em moldar nossa realidade estavam se enraizando no meu subconsciente criando um ambiente mais produtivo e fértil às boas energias.

Quando o trem finalmente se aproximou de Dharamsala, senti uma onda de antecipação, um suor frio, uma sensação de perder o chão, um sopro do universo ao meu ouvido reafirmando que eu estava onde deveria estar. As montanhas, agora mais próximas, pareciam acolhedoras e imponentes ao mesmo tempo. O ar estava mais fresco, e a altitude trazia uma clareza que parecia penetrar até meus pensamentos mais profundos.

Desembarquei na pequena estação de Dharamsala, carregando minha mochila e uma nova determinação. O ambiente era tranquilo, quase sagrado apesar da quantidade importante de pessoas que transitavam em seus afazeres. Pequenos riachuelos cruzavam a paisagem, e as bandeiras de oração tibetanas continuavam a marcar presença, flutuando ao vento e enviando suas bênçãos silenciosas.

Enquanto caminhava procurava uma pousada ou hotel onde poderia ficar hospedada, senti uma conexão imediata com o lugar. As pessoas que encontrei no caminho eram gentis, seus rostos marcados por uma vida de simplicidade e devoção. Cada sorriso, cada saudação era um lembrete de que eu estava em um lugar onde a cura era possível, onde a busca pela paz interior era compartilhada por todos.

Os sentimentos conflitantes ainda estavam lá, mas começavam a se dissipar diante da beleza e serenidade de Dharamsala. Cada passo que eu dava me aproximava não apenas do centro de cura, mas de uma nova compreensão de mim mesma e de minha jornada. Estava pronta para enfrentar os desafios que viriam, com o coração cheio de esperança e a mente aberta para as lições que este lugar sagrado tinha a oferecer

XV

Enquanto caminhava pela cidade, absorvendo cada detalhe, percebi que encontrar um lugar para me hospedar seria mais difícil do que eu imaginava. As hospedarias estavam lotadas de visitantes e devotos, todos atraídos pela mesma promessa de paz e cura que me trouxera até aqui. As acomodações disponíveis eram poucas e disputadas, e a cada porta que batia, recebia a mesma resposta gentil, mas negativa: "Desculpe, estamos lotados."

A ansiedade começou a tomar conta de mim. O sol já estava se pondo, pintando o céu com tons de laranja e rosa, e eu ainda não tinha onde passar a noite. Continuei caminhando, seguindo uma pequena trilha que levava a uma área mais afastada da cidade, na esperança de encontrar alguma sorte.

Foi então que vi uma pequena placa de madeira pendurada em uma cerca de bambu, anunciando quartos para visitantes e devotos. Aproximei-me com cautela, sentindo um misto de esperança e cansaço. Toquei a campainha e esperei, sentindo o coração bater mais rápido.

A porta foi aberta por uma senhora de aparência humilde, com cabelos grisalhos e um sorriso caloroso que imediatamente me fez sentir acolhida. "Namaste," disse ela suavemente. "Em que posso ajudá-la?" Ela iniciou a conversa em hindi.

Expliquei minha situação, em inglês obviamente, aquela mesma língua que até pouco tempo eu tinha tanta insegurança em usar, ela me convidou a entrar entendendo o que eu dizia:

-       Meu nome é Laxmi, disse ela com um inglês indiano carregado inconfundível. Temos um quarto simples, mas você é mais do que bem-vinda.

Acompanhei-a pelo corredor até um pequeno quarto no fundo da casa. A simplicidade do lugar era encantadora. As paredes eram pintadas de um azul suave, e as janelas tinham cortinas de cores vivas, com padrões florais tradicionais. Pequenos altares com imagens de deidades hindus e budistas adornavam os cantos, e havia vasos de flores frescas espalhados pelo ambiente, trazendo uma sensação de frescor e vida.

O cheiro dos temperos era inconfundível e delicioso. A cozinha, que ficava ao lado do meu quarto, exalava aromas fortes de curry, cominho, coentro e gengibre. Laxmi estava preparando o jantar, e o som dos utensílios e o crepitar dos ingredientes na panela criavam uma atmosfera aconchegante e familiar.

- Espero que goste de comida simples e caseira, disse Laxmi, enquanto colocava a mesa. Aqui, acreditamos que a comida é mais do que nutriente ao corpo, é uma forma de elevar a alma e satisfazer os desejos do espírito. Preparamos tudo com muito amor e cuidado.

O jantar foi um banquete para os sentidos. Havia dal cremoso, arroz basmati, vegetais cozidos com especiarias e chapatis frescos. Cada mordida era uma explosão de sabores, e senti-me não apenas nutrida, mas também reconfortada.

Após o jantar, Laxmi e eu nos sentamos na varanda, observando as estrelas começarem a brilhar no céu noturno. Sua voz era suave e cheia de sabedoria, e suas palavras trouxeram uma sensação de paz que eu não sentia há muito tempo. Laxmi, com seu jeito calmo e acolhedor, começou a contar a história da cidade:

- Dharamsala tem uma história rica e significativa tanto para hindus quanto para budistas, começou ela, com os olhos brilhando ao relembrar. Originalmente, Dharamsala era apenas uma pequena cidade no estado de Himachal Pradesh, mas ganhou destaque no século XX.

Ela olhou para as montanhas ao longe, como se estivesse

visualizando os eventos passados.

- Foi em 1959 que Sua Santidade, o 14º Dalai Lama, chegou a Dharamsala, fugindo da invasão chinesa no Tibete. A Índia, sendo um país que valoriza a liberdade religiosa, ofereceu refúgio a ele e a muitos tibetanos. Desde então, Dharamsala se tornou a sede do governo tibetano no exílio e um centro importante para o budismo. Mas a importância de Dharamsala vai além disso, continuou Laxmi. Para os hindus, as montanhas Himalaias são consideradas a morada dos deuses. A proximidade com essas montanhas sagradas faz de Dharamsala um lugar de grande espiritualidade e devoção. Muitos acreditam que meditar aqui, nas proximidades dessas montanhas, traz uma conexão mais profunda com o divino.

Laxmi fez uma pausa para pegar duas xícaras de chai, oferecendo-me uma. O chá quente, com seu sabor suave de especiarias, parecia complementar perfeitamente a narrativa.

- A cidade é dividida em duas partes principais: a Lower Dharamsala, onde está a maior parte da população local e as atividades comerciais, e a Upper Dharamsala, ou McLeod Ganj, onde está o complexo do templo do Dalai Lama e a maioria dos tibetanos exilados, explicou ela. McLeod Ganj é particularmente vibrante, com seus mosteiros, templos, escolas tibetanas e instituições culturais. O Templo Tsuglagkhang, onde o Dalai Lama reside, é o coração espiritual de McLeod Ganj, disse Laxmi, com uma reverência evidente em sua voz. Milhares de devotos e turistas vêm aqui para aprender, meditar e buscar bênçãos. O templo não é apenas um local de adoração, mas também um centro de aprendizado, onde se realizam palestras, debates e ensinamentos sobre o budismo.

Ela continuou, falando sobre o Namgyal Monastery, o mosteiro pessoal do Dalai Lama, e sobre como ele servia como um centro de treinamento para monges tibetanos.

- É um lugar de paz e contemplação, onde se preserva a rica herança cultural e espiritual do Tibete. Além dos aspectos espirituais, Dharamsala é também um lugar onde a cultura tibetana floresce. As pessoas aqui mantêm vivas suas tradições, desde a culinária até a arte e a música. As bandeiras, as rodas de oração e os murais coloridos que você vê por toda parte são expressões dessa cultura vibrante, disse Laxmi.

Eu permaneci calada e maravilhada com toda riqueza dos fatos, e confesso que precisava prestar muita atenção para entender o que aquela senhora dizia.

- É um lugar onde o espiritual e o material se encontram de uma maneira única. Ela continuou. A simplicidade da vida aqui, combinada com a profunda devoção e espiritualidade, cria uma atmosfera que atrai pessoas de todas as partes do mundo, concluiu ela, com um sorriso caloroso.

Agradeci a Laxmi por compartilhar tanta sabedoria e história. Sentia-me ainda mais conectada a Dharamsala, compreendendo agora a profundidade de seu significado e a importância que tinha tanto para hindus quanto para budistas. Era como se cada pedra, cada árvore, cada sopro de vento carregasse um pedaço dessa rica tapeçaria espiritual.

Enquanto me preparava para dormir, refletia sobre tudo o que havia aprendido. Dharamsala não era apenas um lugar de cura física para mim, mas também um santuário de aprendizado e transformação espiritual, era como se eu tivesse buscado esse lugar e este momento toda minha vida. A jornada que eu havia iniciado estava apenas começando a revelar suas verdadeiras dimensões, e eu estava pronta para abraçar cada ensinamento e o que este lugar sagrado tinha a oferecer com tanta ansiedade e vontade que me impediam de dormir, entretanto, eram tantos os medicamentos que eu andava tomando para dor e demais sintomas que, forçosamente, eu acabava perdendo minha consciência em sono profundo.

PARTE 4 – O MONGE E EU – QUALQUER LUGAR DO MUNDO

XVI – ANA MARIA

Amanheceu um novo dia em Dharamsala, e eu estava pronta para uma etapa crucial da minha jornada. Hoje, visitaria o mosteiro onde reside o Dalai Lama, em busca de tratamentos com os monges tibetanos. Meu coração batia acelerado enquanto subia a trilha íngreme que levava ao Templo Tsuglagkhang, eu já tinha pesquisado a respeito de uma prática de meditação coletiva que ocorria ali pela manhã bem cedo com objetivo de transmutar e curar traumas passados. A névoa matinal ainda pairava no ar, e o som suave dos pássaros era um fundo musical perfeito para meus pensamentos ansiosos e esperançosos.

O mosteiro era um local sagrado e tranquilo, imerso em uma aura de branca quase palpável que me envolvia. As bandeiras de oração tremulavam ao vento, espalhando suas bênçãos silenciosas. Enquanto caminhava pelo complexo, sentia uma energia vibrante e acolhedora ao meu redor. As construções simples, mas belamente adornadas, e os monges vestidos com seus mantos cor de açafrão, criavam uma atmosfera de devoção e serenidade.

Enquanto me aproximava do prédio principal, um jovem monge, Gopal, me recebeu com um sorriso caloroso. Ele tinha olhos gentis e um ar de sabedoria tranquila que me confortou imediatamente.

- Namaste! Seja bem-vinda ao nosso mosteiro, disse ele, com uma leve reverência.
- Vim buscar tratamento e orientação espiritual, expliquei em inglês, sentindo uma mistura de esperança e vulnerabilidade.
- Claro, venha comigo. Vamos conversar sobre o seu caso, disse Gopal, guiando-me por um corredor silencioso até uma sala

simples, mas acolhedora onde inicialmente ele iria colher informações sobre meu caso e me acompanharia a seguir a um grande salão para prática coletiva. O aroma suave de incenso preenchia o ar, e a luz do sol filtrava-se pelas janelas, criando um ambiente tranquilo.

Gopal ouviu pacientemente enquanto eu descrevia minha condição médica, a evolução do câncer, também fui honesta em relação à minha solidão e recente e traumático término o que teriam me levado a deixar toda a minha vida e ir até ali buscar respostas.

- Seu caso é grave, Ana Maria, mas aqui acreditamos no poder da combinação de medicina natural, espiritualidade e autocura. Vamos fazer tudo o que estiver ao nosso alcance para ajudar.

Ele preparou um chá de ervas, com uma mistura de ingredientes que prometem aliviar a dor e fortalecer o corpo.

- Este chá ajudará a acalmar seu sistema e promover a cura,explicou ele. Além disso, vou lhe passar alguns medicamentos naturais que devem ser tomados regularmente.

Tomei o líquido quente e levemente adocicado enquanto mantinha minha atenção em Gopal que também falou sobre a importância da meditação e da paz interior no processo de cura.

- A mente e o corpo estão profundamente interligados. Através da meditação, você pode encontrar um estado de calma que facilitará a cura. Por favor, retorne amanhã ao nascer do sol. Vamos começar um programa de meditação e práticas espirituais para ajudar em sua jornada.

Agradeci profundamente a Gopal e senti uma nova onda de esperança, ele me encaminhou ao salão onde me assentei em um tapete vago e ouvi um mantra entoado em uma frequência constante e marcante, sinceramente não sei quanto tempo fiquei ali absorvendo a energia local tentando desesperadamente meditar, o que não é nada fácil, muitos pensamentos iam e vinham formando um grande engarrafamento mental. Quando me despertei ou melhor abrir meus olhos de volta a realidade senti meus pés formigarem, uma sensação de alívio misturada a certa decepção ocupam meu íntimo, mas o que eu queria afinal ? Um milagre talvez ?

Enquanto saía do mosteiro, meus pensamentos voltaram-se para o jovem monge que tinha me guiado até lá. Havia algo em seus olhos, uma sabedoria calma que me deu forças para acreditar na possibilidade de cura. Era sem dúvida um homem com sabedoria e poderia me ajudar, eu também gostaria de ser útil e certamente procuraria uma tarefa e uma forma de me envolver com as atividade daquele abençoado lugar. Perguntei sobre aulas, sessões de cura e trabalho e fui determinada a retornar em breve.

Enquanto caminhava de volta para a hospedaria, as palavras de Gopal ecoavam em minha mente. A manhã seguinte prometia um novo começo, e eu estava determinada a seguir cada instrução, a aproveitar cada oportunidade que este lugar sagrado pudesse me oferecer.

Entretanto, um detalhe foi marcante em toda aquela manhã, a visão do homem que observava à distância, sem se aproximar, ficou gravada na minha mente. Um monge me olhava fixamente, seus olhos brilhavam e me buscavam como se me conhecesse, me deixando com certa curiosidade e timidez. Havia algo familiar nele, algo que eu não conseguia identificar, mas que mexeu profundamente comigo.

Ao chegar, Laxmi me esperava com o almoço e outros dois jovens hóspedes que partiriam naquele dia mesmo. A comida era simples mas com sabor peculiar e excepcional, fiquei feliz em ajudar a servir e após conversar brevemente com o casal alemão fui descansar no meu quarto e processar tudo que tinha acontecido e acabei adormecendo, em sonho pude percorrer um campo bem verde na companhia de um fiel cãozinho de companhia, uma raça peculiar eu diria, desconhecida, mas ele era bom, rápido e feliz, assim também estava eu, me sentindo calma, com um bem-estar incomum como se estive livre.

Me despertei suada, ainda reverberando aquele doce sentimento. Saí para passear em busca de pequenas compras, um caderno e canetas para fazer um diário e contar essas experiências e ligar para meus pais. As alegrias do dia me trouxeram saudades.

XVII - TASHI

O sol estava começando a subir sobre as montanhas, lançando raios dourados sobre Dharamsala. Era uma manhã típica no mosteiro, com o som suave dos sinos e o murmúrio das orações dos monges criando uma atmosfera de paz e serenidade. Eu estava no meio de minha meditação matinal, tentando acalmar minha mente inquieta, quando uma sensação estranha tomou conta de mim. Era como se o universo estivesse me chamando para algo importante.

Ao abrir os olhos, meu olhar foi imediatamente atraído para o pátio abaixo. Lá, em meio à neblina suave e às bandeiras de oração tremulando, eu a vi. Ela estava lá, a mulher dos meus sonhos. Aquela visão que havia me assombrado tantas noites agora estava diante de mim, real e tangível. Um arrepio percorreu minha espinha, e meu coração começou a bater mais rápido.

Ela estava falando com Gopal, nosso irmão mais velho e sábio, que a conduzia para dentro do mosteiro. Meu primeiro instinto foi correr até ela, falar com ela, entender por que sua presença estava tão profundamente entrelaçada com meus sonhos e visões. Mas minhas pernas não se moviam. Fiquei paralisado, observando de longe, incapaz de acreditar no que meus olhos viam.

O canto dos pássaros pareceu intensificar-se, criando uma sinfonia natural que ecoava o turbilhão de emoções dentro de mim. Surpresa, medo, curiosidade, e algo mais profundo que eu não conseguia nomear. Havia uma conexão inegável, uma sensação de destino que me deixava atordoado.

Ela tinha uma aparência frágil, marcada pela dor e pela luta, mas havia uma força em seu olhar que me tocou profundamente. Mesmo à distância, pude perceber sua determinação e a esperança desesperada que a trouxera até o nosso mosteiro. Quem era essa mulher? Por que eu a via em meus sonhos? E, mais importante, qual era o papel dela na minha vida? Eu não poderia deixar de indagar e me perder nestes pensamentos ansiosos.

Enquanto Gopal a conduzia para dentro, senti uma onda de impotência. Queria me aproximar, falar com ela, mas algo me detinha. Talvez fosse o medo do desconhecido, ou a reverência pela magnitude do momento. Não era apenas um encontro casual; sentia que era algo predestinado, algo que exigia paciência e compreensão.

Mais tarde, procurei Gopal para saber mais sobre ela.

- Gopal, quem era aquela mulher que você recebeu hoje, a primeira da manhã? Perguntei, tentando esconder a urgência na minha voz.

Gopal me olhou com seus olhos sábios, percebendo minha agitação. "Ela se chama Ana Maria. Vem de longe, buscando cura para um câncer avançado. É uma mulher forte, mas carrega uma dor profunda. Ela tinha vindo em busca de esperança e tratamento, ele foi explicando calmamente, disse que podia cuidar de sua alma, mas o corpo estava muito adoecido e a medicina tradicional não tinha muitas saídas para ela.

Minhas suspeitas se confirmaram. Havia algo especial nela, algo que transcendia o físico. Decidi que precisava conhecê-la, entender por que nossos destinos pareciam entrelaçados. Mas sabia que precisava fazer isso com calma e respeito, não queria assustar a mulher inocente com minha ansiedade e relato quase mágico sobre meus sonhos com ela,

Naquela noite, enquanto meditava, senti uma conexão profunda com o universo. Era como se todas as peças do quebra-cabeça estivessem começando a se encaixar. A mulher dos meus sonhos agora tinha um nome e uma história, e eu estava determinado a descobrir o que isso significava para nós dois.

Os dias que se seguiram foram de intensa introspecção. Cada vez que a via no mosteiro, meu coração acelerava. Ela participava das sessões de meditação, tomava os chás medicinais e conversava com Gopal sobre seu tratamento, participava ativamente das atividades. Eu observava de longe, respeitando seu espaço, tímido, mas cada vez mais certo de que precisava falar com ela e revelar meus segredos íntimos que me consumiam constantemente e ardentemente.

Finalmente, em um entardecer tranquilo, tomei coragem. Aproximei-me devagar, enquanto ela estava sentada no jardim, contemplando as montanhas.

-      Ana Maria? Chamei suavemente.

Ela se virou, surpresa ao ver-me tão próximo: - Sim?

-      Sou Tashi, disse, sentindo uma onda de emoções ao dizer meu nome. Eu... eu a vi quando você chegou. Senti uma conexão imediata, algo que não consigo explicar. Pode parecer muito, muito estranho, mas acredito que nossos caminhos estão destinados a se cruzar.

Ela me olhou por um longo momento, e então sorriu suavemente.

-      Tashi, pronunciei corretamente? Acho que sinto o mesmo. Te vi algumas vezes a me bisbilhotar, mas não senti medo ou qualquer sentimento negativo, senti bem-estar e verdade nos seus olhos me buscando, apenas não tinha nenhum motivo para me aproximar, eu esperava sinceramente que você o fizesse um dia.

Naquele momento, soube que estava no caminho certo e era tudo tão incrível. Nosso encontro, embora inesperado, era um sinal de que algo maior estava em movimento.

O sol estava se pondo atrás das montanhas, tingindo o céu de dourado e laranja, criando uma atmosfera mágica ao nosso redor. Sentamos no jardim, o silêncio confortável entre nós sugerindo uma intimidade que parecia ter sido construída ao longo de anos, não apenas de dias. Ana Maria olhou para mim com aqueles olhos que eu reconhecia dos meus sonhos, e comecei a sentir que nossas almas estavam de fato conectadas de uma maneira que transcendia o tempo e o espaço.

- Eu... Eu tenho câncer, começou ela, sua voz baixa e suave. É um melanoma avançado, e os tratamentos convencionais não estão funcionando. Foi por isso que vim para Dharamsala, em busca de alguma esperança, alguma forma de cura que eu ainda não tenha encontrado. Sou jovem e confesso que na maior parte do tempo não desejo morrer, pelo menos não desejo sofrer e estou com muito medo. Pode parecer corajoso largar tudo em pais distante e vir sozinha para cá, mas acredite em mim, foi o ato mais covarde de toda minha curta vida.

Havia uma dor profunda em suas palavras, mas também uma força inegável. Ela estava lutando, não apenas pela vida, mas por algo maior, algo que eu ainda não compreendia totalmente. Senti uma necessidade irresistível de compartilhar com ela algo que havia guardado tão profundamente dentro de mim.

- Ana Maria, comecei, hesitando por um momento antes de continuar. Preciso te contar algo. Algo que pode parecer estranho, mas acredito que você merece saber.

Ela olhou para mim, seus olhos mostrando curiosidade e uma aceitação tranquila. "Pode contar, Tashi. Estou ouvindo."

- Tenho tido sonhos com você, disse, sentindo o peso das palavras à medida que elas saíam. Mesmo antes de te conhecer aqui. Nos meus sonhos, você aparece sempre da mesma maneira: triste, solitária, mas com uma força interior que me atrai. Eu não conseguia entender o significado desses sonhos, mas agora, vendo você aqui, parece que tudo faz sentido.

Ela ficou em silêncio por um momento, absorvendo minhas

palavras.

- Sonhos? repetiu, quase num sussurro. Tashi, isso é... estranho e ao mesmo tempo confortante. Também tenho tido sonhos, visões, onde sinto uma conexão com alguém, uma presença que me dá força.

- Talvez sejam nossas almas se comunicando, sugeri, sentindo uma onda de alívio ao ver que ela não achava a ideia absurda, apesar de ser de longe totalmente fora da minha zona de conforto e conhecimento espiritual. Acredito que estamos aqui por um motivo. E esse motivo pode nos ajudar mutuamente a encontrar a cura e a paz que procuramos.

Ela sorriu, um sorriso que iluminou seu rosto e me deu esperanças.

- Tashi, sinto que você pode estar certo. Desde que cheguei aqui, senti algo diferente, uma energia que me diz que estou no lugar certo.

Nos sentamos ali por um tempo, em silêncio, apenas aproveitando a companhia um do outro. A conexão entre nós era palpável, algo que ia além de palavras e explicações racionais.

- Vou te ajudar, disse finalmente, quebrando o silêncio. Vamos enfrentar isso juntos. Vou te apoiar na sua jornada, e espero que você possa me ajudar a entender os sonhos e o que eles significam para nós.

Ela assentiu, seus olhos brilhando com uma nova determinação.

- Obrigada, Tashi. Sinto que essa jornada vai ser difícil, mas não estou mais sozinha. E isso faz toda a diferença.

Apesar da distância entre nossos corpos, era possível sentir o calor do outro, suor frio descia pelas minhas pernas e deixam meus pés escorregarem nas sandálias, eram emoções completamente novas para mim, reações estranhas e inoportunas, arrepios e um desejo enorme de parar o tempo naquele instante. Nos despedimos com relutância e marcamos um novo encontro ali mesmo no próximo dia.

XVIII - ANA MARIA

Naquela noite, depois do encontro com Tashi, eu mal consegui dormir. Minha mente estava em um frenesi, um turbilhão de pensamentos e emoções que me mantiveram acordada até as primeiras horas da manhã. O monge que eu tinha conhecido era diferente de qualquer pessoa que eu já encontrara. Havia algo nele – uma mistura de serenidade e intensidade – que mexia profundamente comigo.

Deitada na minha cama simples, cercada pelo silêncio das ruas, eu não conseguia tirar Tashi da cabeça. Cada detalhe do nosso encontro se repetia na minha mente: seu olhar penetrante, a maneira como ele falou dos sonhos que teve comigo, a conexão imediata que senti quando ele pronunciou meu nome. Era como se eu tivesse encontrado alguém que conhecia minhas dores e esperanças sem que eu precisasse dizer uma palavra.

Aquela noite foi uma mistura de desejo, expectativa e uma profunda sensação de conexão. Eu me sentia atraída por Tashi de uma maneira que era ao mesmo tempo espiritual e carnal. Não conseguia ignorar a intensidade dos meus sentimentos, a forma como meu corpo reagia ao pensar nele. Meu coração batia mais rápido, minha pele formigava com a lembrança do toque de sua mão, do som de sua voz.

O que mais me surpreendia era a natureza quase luxuriosa dos meus pensamentos. Nunca tinha experimentado uma atração tão visceral por alguém, muito menos por um monge. Mas Tashi não era apenas um monge. Ele era um homem, um ser humano com desejos, sonhos e uma profundidade que me deixava intrigada e fascinada.

Fechei os olhos, tentando acalmar minha mente, mas imagens dele continuavam a invadir meus pensamentos. Visualizava seu rosto, seus olhos que pareciam ver diretamente na minha alma, suas mãos fortes e gentis. Imaginava como seria tocá-lo, sentir sua pele contra a minha, explorar a conexão que parecia nos unir de maneiras que eu ainda estava começando a entender.

Havia um fogo dentro de mim, uma chama que queimava mais forte cada vez que eu pensava em Tashi. Era uma mistura de paixão e algo mais profundo, algo que transcendeu o físico e se estendeu para a alma. Eu desejava conhecê-lo melhor, entender o que esses sonhos significavam, descobrir seus mistérios.

O desejo de estar perto dele, de sentir sua presença, de explorar essa atração, era avassalador. Nunca tinha sentido algo assim antes – uma combinação de desejo físico e uma conexão espiritual tão intensa. Era como se meu corpo e minha alma estivessem em perfeita harmonia, ambos ansiando por Tashi de maneiras que eu mal conseguia compreender.

Na manhã seguinte, quando o sol começou a despontar no horizonte, levantei-me exausta, mas determinada. Sabia que precisava ver Tashi novamente, precisava entender o que estava acontecendo entre nós. Minha mente ainda estava um caos de emoções, mas uma coisa estava clara: essa conexão, essa atração, era algo que eu não podia ignorar.

Ao sair do meu quarto e caminhar pelas ruas, senti o frescor da manhã tocar minha pele, um contraste revigorante com a noite quente e agitada que eu tivera. A expectativa de ver Tashi novamente era palpável, uma corrente de eletricidade que corria pelo meu corpo. Cada passo que dava me aproximava mais da possibilidade de descobrir o que essa conexão significava, e meu coração batia mais rápido com a antecipação.

No templo participei das cerimônias habituais, encontrei Gopal e fiz minha meditação, o que sem dúvida foi essencial para acalmar meu espírito ansioso, por fim vi Tashi sentado em um jardim revirando a terra , era possível ver as gotas de suor na sua pele que escorriam faceiras e preguiçosas. Ao redor dele muitas flores coloriam o alegre jardim, era, verdadeiramente, uma cena memorável e me demorei nela aproveitando.

Algum tempo se passou até que ele virasse para mim e pude me aproximar, ele se levantou, bateu a terra da túnica e me convidou para um passeio pelos arredores o que aceitei contente. Conversamos muito sobre tudo, soube da sua vida, sua infância, seus estudos e atendimentos aos necessitados, falei sobre mim, sobre o Brasil nossa cultura, minha formação como médica e sobre meus pacientes, neste momento uma incrível saudade da velha Ana se apossou de mim me transportando a tempos antigos de grandes alegrias junto da minha família.

Andamos até uma grande e frondosa árvore e paramos em busca do aconchego da sombra, nos sentamos aos pés entre as raízes fortes mantendo a conversa em tom de confissão e amizade. A proximidade dos nossos corpos era palpável, eu podia sentir o cheiro peculiar do seu corpo e observar sua língua se movendo ao falar comigo, uma gota espessa de suor percorreu minhas costas fazendo cócegas e me movi intuitivamente em direção a ele. Nossos lábios ficaram perto e meu coração se acelerava. Foi irresistível e nos perdemos em um longo, molhado e ansioso beijo.

Enquanto nossas bocas permaneciam unidas, suas mãos desceram pela minha nuca até atingir meu seios por cima da blusa tocando suavemente os meus mamilos que responderam imediatamente, então, de maneira sincronizada e ardente tiramos nossas roupas e nos entregamos ao mais puro desejo. Assim ele me possuiu de maneira intensa, única e nos tornamos um entrelaçado de corpos naquele campo verde vivendo apenas o presente momento, completamente alheios a vida e ao tempo que me pareceu infinito.

Não faço ideia de quanto tempo ficamos ali curtindo o gozo daqueles instantes, vimos o sol se pôr e a fome apertar e decidimos voltar tímidos e atordoados pelo acontecimento intenso daquele dia. Caminhamos em silêncio e chegamos antes do anoitecer definitivo. Tashi quis me acompanhar até a hospedaria o que recusei, primeiro por saber que ele ficaria sem a última refeição dado o rigor dos horários do mosteiro e eu queria caminhar um pouco sozinha para processar a grandiosidade do sentimento que me atingira e em especial o medo que começava a me assombrar.

XIX - TASHI

Naquela noite, depois de nosso encontro, minha mente estava inquieta. Sentado no meu quarto no mosteiro, tentava meditar e encontrar paz, mas os pensamentos sobre Ana Maria eram avassaladores. A conexão que senti com ela, a intensidade de suas palavras e a profundidade de seus olhos não me deixavam em paz. Eu tinha encontrado a mulher dos meus sonhos, aquela que me assombrava em visões, e agora que a conhecia, sabia que não poderia simplesmente deixá-la. Aquele encontro foi arrebatador e pela primeira vez me vi nos braços atordoantes de uma mulher.

Enquanto lutava para encontrar clareza, fui interrompido por um mensageiro do nosso Mestre. Ele trazia notícias urgentes: dentro de algumas semanas, nosso grupo de monges precisaria retornar ao Nepal. A informação caiu sobre mim como uma avalanche. Retornar ao Nepal significava deixar Ana Maria para trás, e a ideia de partir sem ela parecia impossível de suportar.

Passei a noite revirando em minha cama, o sono me escapando. Minha mente estava dividida entre o dever para com meu mosteiro e meus sentimentos por Ana Maria. Como poderia eu deixar para trás a mulher que significava tanto para mim, mesmo sem compreendê-la totalmente?

Pensei no que Gopal havia dito sobre Ana Maria. Sabia que sua condição era grave, e que ela buscava não apenas cura física, mas também uma cura espiritual e emocional. Eu queria estar ao lado dela, apoiá-la, ser a força que ela precisava em sua batalha. Mas como poderia fazer isso se tivesse que partir?

A inquietação crescia dentro de mim. Caminhei pelos corredores do mosteiro, sentindo o frescor da noite em minha pele e ouvindo os sons suaves do vento e dos sinos distantes. Meus pensamentos voltavam constantemente para Ana Maria. Sua presença, sua dor, sua força, seu cheiro e seus lábios, tudo isso me atraía de uma maneira que eu nunca havia experimentado antes.

Voltei para meu quarto, tentando encontrar uma solução. O dilema entre seguir meu dever e seguir meu coração era avassalador. Sabia que meu lugar era com meus irmãos monges, mas ao mesmo tempo, sentia que meu destino estava ligado a Ana Maria. Não podia simplesmente virar as costas para ela.

Pensei na possibilidade de falar com o nosso mestre, de explicar a situação e pedir permissão para ficar em Dharamsala. Mas sabia que isso seria complicado. Nossa missão no Nepal era importante, e eu tinha responsabilidades que não podia abandonar facilmente.

Finalmente, a exaustão tomou conta de mim, e caí em um sono inquieto, povoado por sonhos confusos e imagens de Ana Maria. Nos sonhos, estávamos juntos, enfrentando desafios, mas sempre encontrando força um no outro. Acordei várias vezes durante a noite, meu coração pesado com a incerteza do que fazer.

Quando a manhã finalmente chegou, senti-me exausto, mas determinado. Precisava falar com Ana Maria, precisava encontrar uma maneira de lidar com a situação. Talvez, juntos, pudéssemos encontrar uma solução que permitisse que eu a apoiasse sem abandonar meus deveres.

Enquanto o sol nascia, iluminando o mosteiro com uma luz suave e dourada, levantei-me e preparei-me para enfrentar o dia. A jornada de Ana Maria e a minha estavam entrelaçadas de uma maneira que eu ainda não compreendia completamente, mas sabia que não poderia deixar isso de lado. A conexão que compartilhávamos era rara e preciosa, e estava determinado a descobrir como manter isso, mesmo diante dos desafios que se aproximavam.

Caminhei até o jardim, onde sabia que a encontraria meditando.

Ao vê-la, meu coração acelerou. Ela estava sentada em silêncio, o rosto sereno e bonito à luz da manhã. Sentei-me ao seu lado, sem dizer uma palavra, esperando que ela abrisse os olhos e me visse ali, pronto para enfrentar qualquer coisa ao seu lado.

Quando ela finalmente abriu os olhos e me viu, um sorriso suave se formou em seus lábios.

- Tashi, disse ela, sua voz um sussurro reconfortante. Você está aqui.
- Sim, Ana Maria, respondi, minha voz firme apesar do turbilhão de emoções dentro de mim. Precisamos conversar. Há algo que preciso te contar.

Nos sentamos no jardim, cercados pelo silêncio e pela paz do mosteiro, mas a conversa que se seguiu foi carregada de uma tensão e emoção que eram palpáveis. Eu sabia que precisava ser honesto com Ana Maria, mesmo que isso significasse causar-lhe dor.

- Ana Maria, comecei, sentindo um nó na garganta. Eu preciso te contar algo importante sobre mim e sobre o que vai acontecer nas próximas semanas.

Ela olhou para mim com expectativa, os olhos brilhando com uma mistura de curiosidade e apreensão.

- Diga, Tashi. O que está acontecendo?
- Sou monge no Nepal, comecei a escolher as palavras com cuidado. Nosso mosteiro fica nas montanhas, um lugar dedicado à meditação e ao serviço. Lá, nós trabalhamos para preservar os ensinamentos budistas, ajudamos a comunidade local e nos dedicamos à vida monástica.

Ela assentiu, absorvendo minhas palavras.

- Parece um lugar muito especial. Mas o que isso significa para nós?
- Nosso mosteiro tem regras muito estritas, continuei. Uma delas é a proibição de mulheres no local. É uma tradição

antiga que seguimos rigorosamente. E acabei de receber a notícia de que, em algumas semanas, eu e meus irmãos monges precisaremos retornar ao Nepal para continuar nosso trabalho lá.

Vi a expressão de Ana Maria mudar, passando da curiosidade para a desolação. Seus olhos perderam o brilho momentaneamente, e ela desviou o olhar, absorvendo a informação.

- Então você vai embora, disse ela, sua voz baixa e tremendo levemente. Mais uma vez, alguém que se torna importante para mim vai embora.
- Sinto muito, Ana Maria, respondi, a dor em sua voz rasgando meu coração. Eu não quero te deixar. Acredite, se houvesse outra maneira, eu encontraria. Mas minhas obrigações no mosteiro são parte de quem eu sou, e eu não posso simplesmente abandoná-las.

Ela ficou em silêncio por um momento, lutando contra as lágrimas que ameaçavam cair.

- Eu entendo, Tashi. Mas é difícil. Acabei de te encontrar, e já sinto que estou te perdendo.
- Eu também sinto isso, disse, tentando encontrar as palavras certas para confortá-la. Mas talvez haja uma maneira de fazer isso funcionar. Podemos manter contato, encontrar formas de nos apoiar mutuamente, mesmo à distância. Nossa conexão é forte, Ana Maria. Acredito que podemos superar isso.

Ela olhou para mim, uma lágrima solitária escorrendo pelo rosto.

- Será que podemos? Depois de tudo que já passei, é difícil acreditar que isso não vai acabar como antes.

Ana Maria respirou fundo, enxugando as lágrimas.

- Eu quero acreditar em você, Tashi. Quero acreditar que podemos encontrar um caminho. Mas preciso de tempo para processar tudo isso.

Quando Ana se levantou abruptamente e se despediu brevemente, senti um vazio imediato. Sua voz fria e distante ecoava em minha mente.

- Eu... preciso ir, disse ela, sem olhar para mim. Preciso pensar.

Tentei alcançar sua mão, mas ela já estava se afastando.

- Ana Maria, por favor, entenda...
- Eu entendo," respondeu secamente, interrompendo-me. Só preciso de um tempo.

Fiquei parado ali, observando-a se afastar pelo jardim, cada passo dela um golpe em meu coração. O temor e o desespero me inundavam. Sabia que a havia magoado profundamente, mas não conseguia ver como as coisas poderiam ser diferentes. A responsabilidade e a obediência às regras do mosteiro eram fundamentais para quem eu era. Mas agora, essas regras me pareciam mais como grilhões, prendendo-me quando tudo o que eu queria era correr atrás dela.

Caminhei de volta para o mosteiro com a mente em tumulto. Tentei meditar, buscando a paz que sempre encontrei nas práticas diárias, mas a imagem de Ana Maria não saía da minha cabeça. Sentia uma angústia nova, uma dor que nunca havia experimentado antes.

Como podia eu conciliar meu dever com meus sentimentos? A voz do Mestre, sempre firme e orientadora, ecoava em minha mente, lembrando-me de minhas responsabilidades. No entanto, a voz do meu coração, agora mais forte do que nunca, gritava para que eu encontrasse uma maneira de estar com Ana Maria.

Passei o dia lutando contra esses pensamentos, relembrando a dor nos olhos de Ana. Queria correr atrás dela, dizer que tudo ficaria bem, mas estava preso à realidade da minha situação. A obediência às regras do mosteiro era uma parte intrínseca de minha vida. E, apesar de todas as mudanças que esta viagem havia trazido ao meu espírito, meu senso de responsabilidade ainda era extremamente forte.

A noite trouxe uma leve clareza, mas a angústia permaneceu. Sabia que precisava encontrar uma solução, uma maneira de equilibrar meus deveres e meu coração. Mas, por enquanto, tudo o que podia fazer era esperar e orar por sabedoria.

Quando o sol começou a nascer sobre as montanhas, decidi que precisava falar com o mestre. Precisava explicar minha situação, a importância de Ana Maria em minha vida e pedir orientação. Sabia que não seria fácil, mas estava disposto a lutar por ela, mesmo que isso significasse desafiar algumas das regras mais rígidas do mosteiro.

Com o coração pesado, mas determinado, me preparei para encontrar o Mestre. Esperava que, de alguma forma, pudesse encontrar uma solução que permitisse que eu permanecesse ao lado de Ana Maria. A jornada seria árdua, mas eu estava pronto para enfrentar qualquer desafio, movido pelo amor e pela conexão profunda que sentia por ela.

Enquanto caminhava em direção ao templo, minha mente voltava às imagens de Ana Maria. Sua presença, sua dor e sua força. Estava determinado a encontrar uma maneira, uma solução que nos permitisse estar juntos.

XX - ANA MARIA

Aquela manhã, depois de falar com Tashi, senti como se o chão estivesse se desintegrando sob meus pés. Levantei-me abruptamente e saí do jardim, tentando conter a maré de emoções que ameaçava me engolir. As palavras de Tashi ainda ecoavam na minha mente. Ele iria embora. Mais uma vez, alguém que se tornava importante para mim estava prestes a me abandonar.

Voltei para o meu quarto na hospedaria, cada passo pesado, como se estivesse caminhando em areia movediça. A sensação de desespero crescia, sufocando-me. Laxmi, com sua habitual gentileza, tentou falar comigo, mas eu apenas balancei a cabeça e me tranquei no quarto. Não queria falar, não queria ouvir palavras de conforto que pareciam vazias.

Sentei-me na cama, olhando fixamente para a parede. Minha mente estava um turbilhão de pensamentos sombrios e desesperados. A conexão com Tashi, tão repentina e intensa, agora parecia um cruel engano do destino, a enorme gota de água em um oceano de acontecimentos trágicos. Eu me sentia como uma marionete, jogada de um lado para o outro pelas circunstâncias, sem controle sobre minha própria vida.

Tentei meditar, buscando a paz que tantas vezes me escapara, mas minha mente não se acalmava. As técnicas que normalmente traziam algum alívio agora pareciam inúteis. Meus pensamentos se tornavam cada vez mais sombrios, uma espiral descendente de tristeza e desesperança, uma culpa irreal pelo meu destino. Não conseguia ver uma saída, uma luz no fim do túnel.

O dia passava lentamente. Não conseguia comer, cada refeição que

Laxmi trazia ficava intocada ao lado da cama. Minha boca estava seca, mas a ideia de beber água parecia um esforço monumental. O silêncio do quarto era ensurdecedor, amplificando cada pensamento doloroso. A imagem de Tashi, sua voz, suas promessas de lutar por nós, tudo isso parecia uma piada cruel.

O desespero aumentava a cada hora que passava e olhar o relógio me deixava ainda mais ansiosa. Olhei para o teto, para as paredes, para minhas mãos, e tudo parecia vazio e sem sentido. Eu estava exausta, emocionalmente drenada e a escuridão dentro de mim crescia. As palavras de Tashi ecoavam, mas agora soavam distantes e irreais.

A dor da traição do meu ex-namorado, a luta constante contra o câncer, e agora a perda iminente de Tashi... era demais para suportar. Sentia-me quebrada, uma sombra do que um dia fui. O futuro, que uma vez parecia ter uma pequena esperança, agora era apenas um vazio sem fim.

À noite, quando a escuridão do céu refletia perfeitamente a escuridão em meu coração, tomei uma decisão drástica. Não via outra saída. A ideia de continuar vivendo, sofrendo, lutando sozinha, era insuportável. O pensamento de tirar minha própria vida se tornou uma obsessão, uma âncora que trazia uma estranha sensação de paz.

Fui até a pequena mesa ao lado da cama e encontrei alguns medicamentos que usava para a dor, e que quase não tinha tomado desde que cheguei a Índia, então havia uma quantidade significativa. Meus dedos tremiam enquanto pegava o frasco. Sentei-me na cama, segurando o frasco com força. As lágrimas escorriam silenciosamente pelo meu rosto, cada gota um reflexo da dor insuportável dentro de mim.

Escrevi uma breve nota para Laxmi, agradecendo por sua bondade e pedindo desculpas pelo que estava prestes a fazer e outra para os meus pais. Coloquei a nota na mesa, ao lado do frasco de medicamentos. Abri o frasco, despejando os comprimidos na minha mão. Olhei para eles, sentindo uma mistura de medo e alívio.

Enquanto levava os comprimidos à boca, ouvi um som suave, como se alguém estivesse batendo na porta. Minha mente estava tão focada no desespero que mal registrei o som. Tomei os comprimidos, um por um, sentindo o gosto amargo em minha língua e uma náusea crescente. Deitei-me na cama, esperando a escuridão final me levar.

Enquanto o mundo ao meu redor começava a desvanecer, uma última imagem de Tashi veio à minha mente e de uma antiga paciente, Ângela, um exemplo de força, mulher e mãe que não se deixava abater pelo câncer de mama. Seus olhos, cheios de dor e esperança, pareciam me olhar, como se soubessem o que eu estava fazendo. Uma lágrima final escorreu pelo meu rosto enquanto sussurrava seu nome, sentindo a escuridão me envolver completamente.

No fim, tudo se tornou silêncio e escuridão, e eu não senti mais nada.

XXI - THASI

No sereno mosteiro, cercado pelas majestosas montanhas do Himalaia, o jovem monge Tashi sentava-se em frente a seu mestre, Lama Dorje. O ambiente estava impregnado com o aroma suave de incenso e o som tranquilizante dos cânticos ao longe. Tashi, com os olhos fixos no chão de pedra polida, estava visivelmente perturbado. Seus pensamentos, antes claros como as águas das montanhas, agora eram um turbilhão de emoções conflitantes.

- Tashi, começou Lama Dorje com uma voz calma e profunda, vejo que algo pesa em teu coração. Fale, meu filho.

Tashi ergueu o olhar, seus olhos refletindo a tormenta interna.

- Mestre, ele começou, a voz trêmula, há uma mulher que tem invadido meus sonhos. Seu nome é Ana Maria. Recentemente, soube que ela está gravemente doente, com um melanoma avançado.

Lama Dorje permaneceu em silêncio, escutando atentamente, seus olhos sábios revelando compreensão e empatia.

- Eu sinto um vínculo com ela, algo que não consigo explicar, continuou Tashi. Tenho medos e dúvidas sobre o que devo fazer. Devo continuar meu caminho como monge, buscando a iluminação, ou devo ir ao encontro dela e cuidar de sua enfermidade? Estou perdido, Mestre.

O silêncio preencheu o espaço entre eles por alguns momentos. Lama Dorje fechou os olhos, como se buscasse uma resposta nas profundezas de sua sabedoria acumulada. Finalmente, ele abriu os olhos e falou com uma serenidade que apenas os verdadeiros mestres possuem.

- Tashi, o caminho do Buda é cheio de desafios e escolhas difíceis. O amor e a compaixão são centrais aos nossos ensinamentos, mas cada situação exige uma resposta única. Diga-me mais sobre Ana Maria.

Tashi respirou fundo, tentando organizar seus pensamentos.

- Ela é uma mulher forte e gentil.

Enquanto Tashi falava, uma sensação de inquietação começou a crescer dentro dele. Algo estava errado. Ele fechou os olhos e tentou se concentrar na presença de Ana Maria, como havia aprendido a fazer durante suas meditações. Um sentimento profundo de dor e urgência o invadiu.

- Mestre, disse ele abruptamente, algo está errado com Ana Maria. Sinto que ela precisa de mim agora.

Lama Dorje, reconhecendo a seriedade da situação, assentiu lentamente.

- Então devemos ir até ela, Tashi. Às vezes, o caminho da compaixão nos leva por estradas inesperadas.

Com uma determinação renovada, Tashi se levantou. Ele sabia que a decisão que estava prestes a tomar poderia mudar seu destino para sempre, mas também sabia que não poderia ignorar o chamado de seu coração. Juntos, Tashi e Lama Dorje deixaram o mosteiro e começaram a descer a trilha sinuosa que os levaria até a hospedaria onde Ana Maria estava.

Cada passo que davam era pesado com a antecipação e o medo do que encontrariam. A paisagem, antes serena e bela, agora parecia envolta em uma neblina de incerteza. O caminho era difícil, mas Tashi sentia a presença tranquilizadora de seu mestre ao seu lado.

Ao chegarem à hospedaria, Tashi sentiu seu coração acelerar. Ele correu para o quarto de Ana Maria , bateu na porta sem resposta e resolveu arrombar a porta frágil, ao abrir a porta, viu-a deitada na cama, pálida e frágil. Seus olhos, porém, se iluminaram ao ver

Tashi entrar.

- Tashi, ela sussurrou, com uma mistura de surpresa e alívio.

Tashi ajoelhou-se ao lado da cama, segurando a mão dela com ternura. Estou aqui, Ana Maria, disse ele, as lágrimas enchendo seus olhos. Eu não vou a lugar nenhum.

Tashi permanecia ao lado de Ana Maria, uma inquietação profunda se instalou em seu coração. Ele não conseguia afastar a sensação de que algo terrível estava prestes a acontecer, ele observou a caixa de remédios sobre a pequena mesa vazio. Em um momento de silêncio, ele olhou para Lama Dorje, que parecia absorvido em uma meditação profunda.

- Mestre, disse Tashi, a voz repleta de angústia, eu sinto que algo está terrivelmente errado com Ana Maria.

Lama Dorje abriu os olhos lentamente, seu olhar sereno fixando-se em Tashi.

- Então devemos agir, meu filho. A compaixão nos chama a intervir quando podemos.

Eles se levantaram rapidamente e desceram até a hospedaria, onde Laxmi, a dona do lugar, os recebeu com um sorriso caloroso, que rapidamente se transformou em preocupação ao ver a expressão nos rostos deles.

- Laxmi, precisamos de ervas medicinais, agora! ordenou Lama Dorje com uma firmeza que raramente mostrava.

Laxmi correu para buscar as ervas enquanto Tashi e Lama Dorje se apressavam para verificar os sinais vitais de Ana Maria. Ela estava viva, mas fraca. Em pouco tempo, Laxmi voltou com as ervas, e juntos prepararam uma infusão.

- Tashi, segure-a com cuidado, disse Lama Dorje enquanto derramava a infusão nos lábios de Ana Maria. Lentamente, ela começou a reagir, tossindo e, finalmente, vomitando o conteúdo de seu estômago.

Ana Maria abriu os olhos lentamente, ainda grogue, mas viva. Tashi segurou sua mão, lágrimas de alívio escorrendo pelo rosto.

- Você está segura agora, sussurrou ele. Estamos aqui para você.

Lama Dorje olhou para Tashi com uma expressão de aprovação. Precisamos levá-la ao mosteiro, disse ele. Lá poderemos cuidar melhor dela.

Com a ajuda de Laxmi, eles transportaram Ana Maria para o mosteiro, onde as preparações para seu cuidado continuariam. Tashi sabia que seu caminho tinha mudado irrevogavelmente, mas também sabia que estava exatamente onde precisava estar – ao lado de Ana Maria, pronto para enfrentar qualquer desafio que o futuro trouxesse.

XXII – NOSSO DESTINO

No mosteiro de Dharamsala, enquanto Ana se recuperava, ela começou a perceber a profundidade da bondade de Tashi. Ele estava sempre presente, cuidando dela com uma devoção que ia além do dever. Os dias se passaram lentamente, e, com a paciência de Tashi, Ana começou a abrir seu coração novamente. Ela compartilhava com ele suas dores, medos e arrependimentos. Em troca, ele a ensinava a encontrar paz interior através da meditação e do desapego.

Tashi estava dividido. Seu amor por Ana crescia a cada dia, mas sua vida no mosteiro e seus votos de celibato eram parte essencial de sua identidade. Ele buscava orientação nos ensinamentos do Buda e em seus próprios sentimentos, tentando equilibrar a compaixão por Ana e seu compromisso espiritual.

Um dia, durante uma caminhada pelos jardins do mosteiro, Ana confessou a Tashi seu desejo de viver plenamente o tempo que lhe restava, mesmo que isso significasse afastar-se dos tratamentos convencionais para o câncer. Ela queria encontrar a paz interior e viver os seus dias finais em harmonia com a natureza, longe da agitação e do desespero dos hospitais. Tashi, com lágrimas nos olhos, segurou sua mão e fez uma promessa silenciosa de estar ao seu lado.

Foi então que tomaram a decisão de deixar Dharamsala e seguir para as montanhas do Nepal. Eles desejavam um lugar onde pudessem estar juntos, longe de olhares curiosos e das pressões externas. Tashi, apesar de seu amor pelo mosteiro, sabia que seu coração agora pertencia a Ana. Eles encontraram uma propriedade rural nos arredores de Katmandu, uma casa simples mas encantadora, cercada pela beleza intocada das montanhas.

A mudança para o Nepal foi um recomeço. Cada momento juntos era precioso, e Ana, mesmo enfrentando a doença, encontrava alegria nas pequenas coisas: o canto dos pássaros ao amanhecer, o toque suave do vento, e a presença constante e amorosa de Tashi. Eles transformaram a casa em um lar, um refúgio onde a paz e o amor reinavam supremos. Com o tempo passando resolveram ampliar esse amor, então, assim como ele fora um dia resgatado das ruas de Katmandu, eles fizeram o mesmo com dois lindos irmãos de cerca de 5 ou 6 anos, não era possível saber, mas agora tinha uma vida completa e plena. Uma família com seus altos e baixos.

Assim, os dias passaram em uma mistura de alegria e tristeza, de aceitação e despedida. Eles sabiam que o tempo de Ana era curto, mas cada segundo era vivido com intensidade e gratidão. A decisão de ficarem juntos, de escolherem o amor e a paz em vez do tratamento convencional, era uma escolha consciente de viver plenamente.

E assim, nas montanhas do Nepal, Ana encontrou não apenas um lugar para viver seus últimos dias, mas também um lar onde o amor transcendia a dor e a morte, onde a presença de Tashi tornava cada momento um presente eterno e seus filhos completavam alegremente os dias.

Em uma manhã serena nas montanhas do Nepal, a brisa suave trazendo consigo o aroma das flores silvestres e o canto melodioso dos pássaros. Ana Maria, uma mulher de espírito indomável, estava sentada na varanda de sua nova casa, uma propriedade rural que parecia ter saído de um conto de fadas. As colinas verdejantes ao redor eram um testemunho silencioso de sua jornada e das escolhas que a haviam levado até ali.

Tashi, o monge tibetano cujo coração havia sido conquistado por Ana, estava ao seu lado. Ele havia trocado a vida reclusa no mosteiro por essa nova existência, guiado por um amor que transcendia as barreiras do mundo material. Juntos, eles haviam transformado aquela casa nas montanhas em um santuário de paz e amor.

A casa era simples, mas de uma beleza arrebatadora. Feita de madeira e pedra, suas janelas amplas permitiam que a luz do sol inundasse cada cômodo, criando um ambiente de calor e acolhimento. O jardim ao redor da casa estava repleto de flores coloridas que Ana cuidava com carinho. Ali, as rosas vermelhas se misturavam com lírios brancos, formando um tapete de cores e aromas que encantavam os sentidos.

Ao longe, as montanhas se erguiam majestosas, suas cumeadas cobertas de neve brilhando sob o sol. Riachos cristalinos serpenteavam pelos vales, alimentando a vegetação exuberante e proporcionando uma trilha sonora constante e tranquilizadora. Os dias de Ana e Tashi eram preenchidos por momentos de contemplação, risos e uma cumplicidade que parecia eternizar o tempo.

Ana, apesar do câncer avançado que corroía seu corpo, sentia uma felicidade profunda e completa. A tentativa de suicídio havia sido um grito de desespero, mas a intervenção de Tashi a havia trazido de volta à vida, a um amor que ela nunca imaginara ser possível. Eles passavam horas caminhando pelos campos, brincando com as crianças, trocando confidências e sonhos, e cada instante juntos era uma dádiva.

Um dos lugares favoritos da família era uma clareira no meio da floresta, onde um lago tranquilo refletia o céu azul e as árvores ao redor. Ali, eles costumavam fazer piqueniques, deitando-se na grama macia, observando as nuvens que passavam lentamente e conversando sobre tudo e nada. Tashi, com sua serenidade inata, ensinava a Ana os princípios da meditação, ajudando-a a encontrar paz mesmo nas dores mais intensas.

Apesar da felicidade que os envolvia, Ana sabia que seu tempo estava se esgotando. O câncer avançava inexoravelmente, e ela podia sentir sua força diminuindo a cada dia. No entanto, a presença de Tashi e o amor que compartilhavam davam-lhe uma força inexplicável. Ela não temia a morte; pelo contrário, aceitava-a como parte do ciclo da vida, um caminho para a eternidade.

Naquela manhã, enquanto observava o horizonte, Ana sentiu uma serenidade profunda. Ela sabia que sua jornada terrena estava chegando ao fim, mas olhava para trás sem arrependimentos. A vida que vivera ao lado de Tashi, embora curta, fora rica em experiências, amor e aprendizado. Cada momento compartilhado era uma prova do valor eterno do amor.

Quando finalmente chegou o momento de partir, Ana estava cercada por tudo o que amava. Tashi segurava sua mão, os olhos cheios de lágrimas, mas também de gratidão por cada instante vivido ao lado dela, seus filhos de todo coração haviam sido esclarecidos sobre o momento e, apesar da tristeza, contribuíam com serenidade da cena. Ana fechou os olhos pela última vez, sentindo-se completa e em paz.

E assim, nas montanhas do Nepal, envolta pela beleza da natureza e pelo amor de Tashi, Ana Maria encontrou a eternidade. A casa que construíram juntos continuou a ser um símbolo de seu amor e de uma vida vivida plenamente, mesmo diante das adversidades. E, na memória de Tashi, na paisagem serena ao redor, Ana permanecia viva, uma lembrança constante do poder transformador do amor e da beleza da vida

EPÍLOGO

Agora, em uma dimensão além da compreensão terrena, observo meu amado Tashi com um carinho imenso. Ele retornou ao mosteiro levando consigo as crianças, agora já grandinhas, onde exerce com amor e dedicação às atividades de cuidado com a saúde dos outros, utilizando as ervas que ele mesmo cultiva nas montanhas do Nepal. O mosteiro, que foi um refúgio para nós, continua a ser um farol de paz e cura, e Tashi, com sua serenidade e sabedoria, é uma parte vital desse santuário.

Minha vida foi curta demais em anos, mas tão profunda em aprendizados. Em poucos anos, minha jornada me levou de São Paulo, onde eu era uma médica dedicada, para os picos majestosos do Himalaia. No Brasil, enfrentava a rotina frenética dos hospitais e a frustração de uma vida isolada e doente. Quando fui traída pelo homem que amava, senti que minha vida estava ruindo. A dor física do câncer se somou à dor emocional, criando um abismo de desespero do qual eu achava que jamais sairia.

Mas então, um impulso quase inexplicável me levou à Índia, à busca de algo mais profundo, de um sentido maior para minha existência. Foi em Dharamsala que conheci Tashi, um monge tibetano cuja presença irradiava paz e compaixão. Ele salvou minha vida em mais de um sentido. Não só me resgatou de uma tentativa de suicídio, mas me mostrou o caminho para um amor que eu nunca imaginara ser possível.

Nosso tempo juntos foi uma mistura intensa de alegria e dor, de aceitação e despedida. Decidimos nos mudar para as montanhas do Nepal, onde construímos um lar que era um verdadeiro paraíso. Cada momento com Tashi era uma dádiva, e mesmo enquanto meu corpo se enfraquecia, meu espírito se fortalecia com o amor e a paz que compartilhávamos. A escolha de viver nossos dias juntos, afastados dos tratamentos convencionais, foi uma decisão de viver plenamente, de abraçar cada instante com gratidão e amor.

Agora, enquanto observo Tashi de longe, sinto uma serenidade profunda. Vejo-o cuidando das plantas, dos nossos pupilos, preparando remédios naturais, e ajudando aqueles que buscam cura e conforto. Ele continua a ser uma fonte de luz, não apenas para mim, mas para todos ao seu redor. E isso me enche de uma paz indescritível.

Minha vida, apesar de breve, foi um grande romance, quase shakespeareano, cheio de reviravoltas e emoções intensas. Foi uma história de amor, traição, dor e redenção, e acredito que vale a pena ser contada. Cada encontro, cada momento, aconteceu por um motivo, e nada foi por acaso. A jornada que me levou de uma médica em São Paulo a uma mulher plenamente feliz nas montanhas do Nepal foi rica em lições e revelações.

Agora, na eternidade, continuo a acompanhar a vida com um coração cheio de amor e gratidão. Minha história é um testemunho de que a vida é imprevisível e bela, e que, mesmo nas circunstâncias mais difíceis, há sempre uma chance de encontrar amor e paz. E essa é a mensagem que quero deixar: viva cada dia com intensidade, abraçando cada experiência, pois são elas que tornam a vida digna de ser vivida e lembrada.

FIM

www.ingramcontent.com/pod-product-compliance
Lightning Source LLC
LaVergne TN
LVHW091510170726
843492LV00001B/432